Jean de LAMOUNARIAS

LES MÉMOIRES

D'UN

EMPLOYÉ

DE

CHEMIN DE FER

Moralisation tirée de la critique administrative
et de l'organisation politique et sociale

A ma fille

PARIS

N DE LAMOUNARIAS

OVISOIREMENT RUE RIQUET, 88 (LA CHAPELLE)

LES MÉMOIRES

D'UN

EMPLOYÉ DE CHEMIN DE FER

A ma fille

Jean de LAMOUNARIAS

LES MÉMOIRES

D'UN

EMPLOYÉ

DE

R.F. CHEMIN DE FER

Moralisation tirée de la critique administrative
et de l'organisation politique et sociale

A ma fille

PARIS

JEAN DE LAMOUNARIAS

PROVISOIREMENT RUE RIQUET, 88 (LA CHAPELLE)

Ami Lecteur,

En lisant mon récit que j'ai écrit, quoiqu'à la hâte, avec beaucoup de soin, pénètre-toi bien de cette idée, qu'une très grande modération y a été observée tout au long.

Dans mon unique préoccupation de la vérité, j'ai, non seulement atténué, mais omis, parfois sciemment, bien des faits qui stupéfieraient toute personne au sens droit, à l'esprit généreux.

Soulevant un coin du voile qui cache la vie de l'employé de chemin de fer, malgré ses relations continuelles avec tout le monde, j'ai tenté de démontrer son analogie, son identité même avec celle de tous les travailleurs soumis au régime capitaliste, qui se meut éternellement dans l'égoïsme qu'il s'ingénie à soustraire à tous

les regards, par tous les moyens. Jusqu'à ce
jour, l'opinion publique, trompée par des mensonges plus ou moins intéressés, a cru dans la
situation exceptionnellement avantageuse, en-
viable, du salarié des voies ferrées. Si, en
vérité, elle est avantageuse pour quelques-uns,
combien elle constitue, pour d'autres, un servage sans fin, sans trève, sans repos ! Du premier au dernier jour de l'an, les employés des
chemins de fer sont assujettis aux travaux les
plus durs par leur exception :

1º En raison de la durée journalière — cinq
heures du matin à neuf heures du soir, déduction
faite du temps strict pour prendre le maigre
repas ;

2º En raison de la ponctualité à observer, de
la responsabilité endossée, de l'entière soumission qu'il faut avoir. Pour eux, point de fêtes,
ni dimanches, ni foires, ni marchés, autrement que pour leur donner un surcroît de travail déjà excessif, inhumain. Si encore, malgré
cela, ils pouvaient compter, en toute sécurité,
sur la retraite ainsi chèrement acquise !

Ils sont, au contraire, obsédés sans cesse par
la crainte de se voir impunément chasser pour
de bénignes fautes, exagérées intentionnelle-
ment ou inconsciemment, par des supérieurs
auxquels ils auront pu déplaire n'importe com-

ment. Dans des tracasseries, des agaceries, des
vexations, le pouvoir occulte qui se révèle sous
les apparences de la discipline, qui agit sous
son couvert, décourage l'inférieur, aigrit son
caractère, de manière à provoquer des empor-
tements qui, du défaut d'avancement, le condui-
ront à la rétrogradation, jusqu'à la révocation.

Un jour, peut-être, reviendrai-je sur l'obscu-
rité qui entoure toute cette armée de la voie
ferrée sur laquelle, à part un devancier, je
crois, et quelques organes officiels de groupes
syndicaux, il n'a été encore presque rien dit.

Dans cette étude, j'ai tenté de faire entendre
à tous les travailleurs, d'autres l'ont dit avant
moi, mais il est nécessaire de le répéter souvent, de ne compter que sur eux-mêmes pour
l'amélioration de leur situation, en poursuivant la voie légale de l'association et du bulletin de vote, pendant que je conseillais à la classe
possédante de ne pas s'obstiner dans un refus,
complètement aveugle, de négociations avec ce
quatrième état, plus que naissant.

La croyance d'une vie spirituelle meilleure,
dans un autre monde, n'existant plus, la nécessité d'amélioration matérielle, en celui-ci, se
présente comme indispensable.

Là, sans doute, est le seul moyen d'arrêter
cette diffusion de mœurs dissolues ; œuvre pour

laquelle tant de savants s'emploient, ou semblent vouloir s'employer, sans espoir de réussite, d'ailleurs.

Puisse ma voix être écoutée pour le bien de tous !

Jean de LAMOUNARIAS.

LES MÉMOIRES

D'UN

EMPLOYÉ DE CHEMIN DE FER

A ma fille

I

Du lieu d'enfance

Comment te dirai-je quelques-unes des impressions diverses que j'éprouve chaque jour, à chaque instant, en te voyant grandir ? C'est que, vois-tu, si j'ai, comme tous les jeunes gens de mon village, appris à lire, à écrire et à compter, je n'ai pas, à proprement parler et selon l'expression vulgaire, *usé mes pantalons sur les bancs de l'école*, et cependant je me sens un désir irrésistible de t'exprimer, trop imparfaitement, je le sais, la plus grande partie possible des multiples réflexions qui surgissent en moi, en différentes formes, selon le moment et les circonstances.

Les pensées qui jaillissent inopinément dans notre cerveau sont comme les éclairs dans la nue; elles disparaissent aussitôt apparues; il faut les noter au passage, si on veut en conserver le souvenir, parce que tout s'oublie ici-bas; même les choses qu'on devrait le moins oublier. Peut-être est-ce une « Loi de Nature », d'ailleurs, utile sans doute, comme tout ce que celle-ci a fait. Les petits soins que ta mère te prodigua dès le berceau, imitée en cela, du reste, par tous ceux qui t'entourent ou t'ont entourée, me reportent par la pensée à des années en arrière, au temps où je connus ces mêmes soins, où ma chère mère n'en cédait en rien pour la tendresse à la tienne, où mon père me chérissait comme je te chéris : aussi ne les oublierai-je jamais !

L'amour appelle l'amour comme le bien appelle le bien. Tu verras plus tard, s'il t'est donné de juger par toi même, combien on aime ses enfants. Ne t'en doutes-tu pas un peu déjà par les sentiments que tu éprouves pour nous? Car il y a, en partie, réciprocité.

J'excepte assurément de cette thèse les parents indignes qui martyrisent leurs enfants et que les tribunaux sont quelquefois obligés de flétrir par une déchéance, de punir par la prison; comme aussi j'en exclue les enfants qui mortifient leurs vieux parents, les méprisent; les uns et les autres sont des êtres abjects n'ayant d'humain que les rapports physiques; ce sont des

monstres comparables à des animaux féroces qui,
eux, ont l'amour filial, ou paternel, ou maternel,
très grand.

Je n'eus pas le bonheur de recevoir longtemps
les douces caresses de cette mère chérie que j'ai-
mais tant; comme beaucoup d'autres petits enfants, je la perdis jeune.

C'était en 1871.

Presque au moment où notre chère Patrie venait d'être amputée de deux provinces, l'Alsace
et la Lorraine, par le triumvirat Guillaume-de
Moltke-Bismarck, qui avait su profiter des faiblesses, des négligences trop coupables de l'Empire et du fat orgueil surtout des Lebœuf ;
presqu'en même temps, dis-je, un autre fléau —
la variole — plus terrible encore par ses coups
également mortels mais invisibles, insaisissables, faisait son apparition dans notre malheureux pays, ajoutant aux deuils innombrables
de la guerre une quantité innombrable d'autres
deuils ; comme s'il avait subi, ce fléau, l'impulsion d'une puissance méchante qui aurait
formé le dessein de nous châtier implacablement.

Les apôtres des dogmes chrétiens n'ont pas
manqué, le plus souvent qu'il leur en a été
possible, de tenter de faire accroire — selon
quelques journaux, le P. Ollivier dans le sermon

qu'il fit aux obsèques des victimes du bazar de la Charité, parodiait en ce sens — qu'il y avait là comme une volonté de Dieu pour nous punir de fautes que nous aurions commises. Ressouvenir de Sodome et de Gomorrhe ?

Quelles fautes avais-je donc commises, moi si jeune — j'atteignais à peine dix ans — pour qu'une mère me fut enlevée si tôt ?

Quelles fautes avait donc commises mon père, la douceur en personne, pour être ainsi brutalement séparé de sa chère compagne ?

Quelles fautes avait donc commises ma sœur, aimée, estimée, citée dans le village comme un modèle de vertu, de soumission, de conduite et d'assiduité au travail, pour perdre à vingt ans celle qui lui était si utile encore ? Et combien d'autres comme nous ! Non ! C'était là un acte naturel des choses, un de ces événements fortuits qui se produisent de façons si différentes ; tantôt sous des aspects de douceur et de gaieté, tantôt sous un aspect de tristesse.

Huit jours suffirent pour nous enlever ce bien-aimé cœur, bien que nous l'entourassions de tous les soins qu'il nous fût possible de lui donner. J'aurai toujours en la mémoire ses derniers adieux et ses dernières recommandations, qui furent de bien nous aimer toujours en pensant à elle.

Bien que la « noblesse de la bourgeoisie ». *expression de la femme d'un ministre opportuniste*, prétende que les pauvres ne savent pas s'aimer, ni aimer leurs enfants, j'affirme le contraire absolument et j'ajoute que les petites contestations, les divisions qui se produisent dans un ménage pauvre, découlent trop souvent d'une gêne inextricable.

Je n'ai pas oublié, dis-je, les quelques instants douloureux, désespérés de la dernière étreinte, des derniers embrassements de ma mère.

« Veille, disait-elle à mon père avec exhortation et alors qu'il lui restait à peine quelques instants de vie, veille sur nos deux chers enfants; apprends-leur à aimer le travail, à se conduire honnêtement, à supporter patiemment toutes les peines qui sont le lot habituel du pauvre !

Semblables faits, chère enfant, se passent journellement partout, mais on n'en parle guère et on l'écrit encore bien moins.

Les écrivains, littérateurs ou journalistes, ont bien autre chose à s'occuper : des sénateurs et députés, des hauts fonctionnaires, des châtelains et autres Crésus n'emploient-ils pas tout leur temps ? Il y a de ceux-ci l'éternelle et éphémère vanité à satisfaire ; les décorations multiples, les distinctions, les emblèmes de toutes sortes à

parler en plus des situations mondaines, et que
sais-je ?

Ils rétribuent grassement les encenseurs —
du produit de leurs spoliations souvent — et, décédés, ils n'offrent pas le sombre tableau de
laisser, à leur suite, des malheureux auxquels, à
la douleur de la séparation, vient s'ajouter le
souci du lendemain ; la crainte de n'avoir plus
le quotidien morceau de pain ! A quoi bon donc,
pensent les nababs et leurs salariés, fatiguer la
masse par la description de ses misères qu'elle
connaît assez ; mieux vaut lui parler de la ri-
chesse et des splendeurs que, par illusion, elle
croit siennes ?

On peut leur objecter : Puisque vous encou-
ragez l'illusion, pourquoi alors ne glorifiez-vous
pas d'une façon réelle, avec éclat, la simplicité
et la droiture ?

La douleur m'ayant trop abattu, je ne pus
assister aux obsèques de ma mère et je ne connus
que quelques jours plus tard l'endroit, aujour-
d'hui disparu, où gisaient ses restes, dans notre
petit cimetière de campagne. Tu as vu ce cimetière dans lequel on aperçoit quelques croix en
bois blanc et deux ou trois tombes en pierre, le
tout presque entièrement recouvert d'herbe et
de mousse, jusque dans les allées qui disparaissent ainsi elles-mêmes.

Les affections sont sûrement aussi vives à la campagne comme à la ville ; mais les travaux impérieux de celle-là, le goût humble du cultivateur ainsi que le peu de ressources communales ne permettant pas de payer un concierge, font que l'entretien de ce champ clos où reposent en paix nos ancêtres, nos enfants, nos maris, nos femmes, nos frères et sœurs et nos amis, où nous reposerons nous-mêmes un jour, est absolument négligé. Cela laisse beaucoup trop à désirer. On l'a reconnu en bien des petites bourgades, et on s'est efforcé de suivre l'exemple des villes en y établissant des allées suffisantes, en y entretenant mieux l'état des tombes, au point que l'on éprouve comme un discret contentement durant les visites que l'on fait dans ce jardin de deuil.

A peine quelques années écoulées, les familles qui n'ont pu faire l'achat de l'emplacement où reposent ceux de leurs membres disparus, ne les retrouvent plus, leurs derniers restes ayant été confondus dans l'ultime demeure : la fosse commune. Il ne reste plus que la place du riche qui, ainsi qu'on l'a ressassé bien des fois, se distinguant en ce lieu comme en d'autres par la puissance de son or, y érige des monuments en marbre, en pierre ou en granit qu'il croit éternels. Eternels ! comment peut-on y croire sérieusement ?

Sans tenir compte des bouleversements, de l'anéantissement de pays entiers ou de villes, comme Ninive, Babylone, Pompéï, Herculanum, par suite de cataclysmes divers, n'y a-t-il pas les changements d'emplacement de villes, ou tout simplement de cimetières dus aux accroissements de populations ou d'autres causes tout aussi secondaires, qui nous démontrent l'inanité d'une telle croyance, d'une semblable prétention? S'il en est d'ailleurs qui agissent, en cela, sous l'impulsion d'une vanité plus éphémère qu'ils ne pensent, il en est aussi qui, guidés par des sentiments d'une vive et touchante amitié, de sincères et douloureux regrets, cherchent à éviter ce qu'ils considèrent comme une affreuse promiscuité.

Tu connais cette maison où le dernier soupir de ta grand'mère paternelle s'exhala, où s'écoulèrent mon enfance et une partie de mon adolescence, cette maison, enfin, que tu appelles : « *La maison à grand-père* », parce que, étant toute petite et alors que mon père vivant l'habitait encore, je t'y ai conduite avec maman ?

Je renonce à te décrire, cher petit cœur, mon état de sentiments et de pensées, lorsqu'après un éloignement de quelques années, par suite des nécessités de l'existence, j'y revenais incidemment visiter le vieux père et les amis.

Avec quels tressaillements de joie je revoyais

ces souvenirs d'enfance ; ces maisons, ces chaumières, ces hameaux, où je jouais avec mes petits camarades, en partie dispersés : les uns décédés, les autres éloignés comme moi ; ces champs que nous visitions si souvent, couverts d'arbres fruitiers : pêchers, cerisiers, pruniers, poiriers, pommiers, etc., sur lesquels nous grimpions, petits émules d'Henri IV, comme des écureuils, pour prélever notre petite dîme ; ces prairies où nous nous ébattions l'été, nu-pieds, sur les meules de foin sec, ou sur le gazon frais poussé, en pêchant, par intermittence, quelques écrevisses sous les pierres des fossés qui les traversent ou qui les bordent ; ces bois où nous cueillions merles, tourterelles et bien d'autres oiseaux encore, sans nous douter que nos innocents larcins donneraient du chagrin, arracheraient des larmes aux mamans ailées !

Née à Lyon, deux ans après à Lille, à Marseille à six ans, à Bordeaux à huit, tu ne peux, ainsi ballotée, soupçonner l'attachement vivace du lieu d'enfance et tout ce qui l'entoure.

Située presque dans un vallon sur le versant ouest d'une longue colline boisée en partie de pins, de chênes et de châtaigniers et protégée qu'est notre maison par un autre coteau au nord, on s'y trouve jouir d'une température plutôt douce, en raison d'ailleurs du climat assez

tempéré de la contrée. Ce serait un site charmant
si le champ qui l'entoure et qui aboutit à une
route au levant et à un chemin vicinal à l'est
était d'une plus grande étendue; il n'a guère
qu'une trentaine d'ares. J'ai tenu néanmoins à
conserver cette toute petite propriété à laquelle il
y faut ajouter quelques autres petits champs,
bois et prés, car, puisqu'il est vrai que le sol
natal est préféré à tout autre, puisqu'il est vrai
que, comme dit le poète :

Chaque oiseau trouve son nid beau,

on est heureux lorsque les plus proches parents
et les meilleurs amis sont disparus, morts ou émigrés comme soi, d'avoir quelque chose qui vous
y attache, qui appelle votre retour. On est heureux également de continuer la tradition des
ancêtres, qui est, pour le cultivateur, d'avoir à
soi la chaumière et le fonds nécessaire pour en
retirer au besoin, avec son travail, sa médiocre
subsistance. Beaucoup trop ne le peuvent malheureusement pas!

On ne trouve plus aujourd'hui, ou très rarement, ces tout petits propriétaires qui, ne récol-
tant pas suffisamment pour vivre dans leur propre
terrain, parfaisaient le maigre nécessaire dont ils
se contentaient en cultivant des terres chez le

voisin plus riche qu'eux, celui-ci ne demandant pas mieux. On appelle *tierceurs* ce genre de cultivateurs parce qu'ils n'ont droit qu'au tiers de la récolte obtenue. Ils jouissent d'un peu plus d'indépendance que les *métayers ou colons* à cause de leur *chez moi*, indépendance relative, bien entendu, à leur faible avoir.

II

De la soi-disant tache originelle

Nos aïeux paternels et maternels, chère fille, n'ont pas toujours occupé le rang qui nous est dévolu dans la société et il en sera ainsi de nos enfants. Ils durent être alternativement maîtres et serviteurs, selon des causes différentes, comme celle du nombre d'enfants qu'ils eurent et l'union que chacun d'eux contracta.

Pour ne parler que de l'appauvrissement, étant entendu qu'il est très laborieux de parvenir à s'enrichir en n'usant pas de moyens malhonnêtes, et étant admis également que celui qui acquiert la fortune honorablement a seul droit à l'unanime considération, une simple remarque attentive suffira pour nous le prouver, et cela démontrera, en même temps, le ridicule de la soi-disant tache originelle à laquelle quelques fats orgueil-

leux font allusion par trop souvent et avec beaucoup trop de désinvolture.

En réalité, elle n'existe que dans l'imagination
d'idiots dont les vues philosophiques ne dépassent
pas leur étroit cerveau.

D'après un article du journal *La France* de
Bordeaux et du Sud-Ouest, du 4 octobre 1898,
voici ce qu'aurait écrit et qui serait facilement
rattachable à cet ordre d'idées, M. A. de Royer
dans la *Revue des Revues* sur le monde de la particule :

« Il n'est peut-être pas, écrit l'auteur, une
« maison noble de France qui n'ait la prétention
« de vouloir faire remonter sa généalogie au delà
« du dixième siècle. Cependant, aujourd'hui, ces
« maisons de races antiques et chevaleresques
« sont devenues sinon introuvables du moins
« des plus rares. Et, si la République, troisième
« du nom, ordonnait, aujourd'hui ou demain, une
« petite lessive de noms et de titres, nous assiste-
« rions à une débâcle épouvantable qui serait en
« même temps du plus grand comique . . . .

« Nous avons, en France, à peu près 45,000 fa-
« milles nobles.

« C'est plus qu'excessif. En admettant qu'en
« moyenne chacune de ces familles possède au
« moins trois membres mâles, la France aurait
« le rare privilège d'avoir plus de 130,000 hom-

« mes nobles. Quelle armée formidable ! Or, sur
« 45,000 familles, il faut en retrancher 25,000 qui
« sont d'une fausseté authentique. Les autres
« 20,000 plus ou moins douteuses et plutôt plus
« que moins.

« Il n'y a que 450 familles qui puissent pré-
« tendre à une noblesse de race ; chose plus
« curieuse, c'est notre régime républicain et dé-
« mocratique qui se livre à une fabrication effrénée
« de nobles en accordant et en sanctionnant des
« additions de noms et des concessions de titres.
« C'est ce qui s'appelle travailler pour la démo-
« cratisation et l'égalité des citoyens.

« Tous les ans, la Chancellerie sanctionne en
« moyenne une quarantaine de concessions. Les
« demandes sont classées dans l'ordre chronolo-
« gique, d'après la date d'insertion de leur an-
« nonce dans le *Journal officiel*.

« Voilà pourquoi le nombre des nobles va tou-
« jours croissant. La tolérance semble y autoriser
« ceux mêmes qui, ayant vu leur demande rejetée,
« ne tiennent aucun compte de cet échec. . . .

. . . .

« Disons, du reste, que la Chancellerie concède
« complaisamment tout ce qu'on lui demande.
« M. Du... ancien banquier, a voulu s'appeler
« Du... de B...; on lui a accordé sa demande en
« la traduisant ainsi : M. Du... est autorisé à

« substituer à son nom celui du L... de B... . .

. . . .

« Prenons encore quelques exemples parmi les
« plus récents.

« M. Paul-Antoine-Marie Vimal, ancien con-
« seiller à la Cour d'appel de Riom, demeurant
« en ladite ville, et M. Charles-Jean-Baptiste-
« Antoine Vimal, son fils, avocat à Riom, agis-
« sant tant en son nom personnel qu'en celui de
« son fils mineur, Jacques-Marie Vimal, âgé de
« cinq ans, se pourvoient à l'effet d'ajouter à leur
« nom celui de leur mère et aïeule : de Fléchac
« (26 octobre 1890).

« M. Marie-Léopold-René Barbier, avocat, né
« à Alençon, le 17 avril 1859, y demeurant, se
« pourvoit à l'effet d'ajouter à son nom celui de :
« Faulcon de la Parisière et de s'appeler à l'ave-
« nir Barbier-Faulcon de la Parisière (10 jan-
« vier 1891).

« Depuis quelque temps, la maladie nobiliaire
« sévissant en France avec un redoublement de
« violence, les bureaux de la Chancellerie sont
« devenus vraiment admirables par la célérité
« dans l'expédition des affaires de ce genre, mais
« la vraie boutique d'ennoblissement, dit M. de
« Royer, se tient au Vatican. Le Souverain Pon-
« tife octroie, concède, chaque année, une soixan-
« taine de titres de comtes et de princes. Ces

« distinctions constituent le plus beau revenu
« du denier de Saint-Pierre. Il est vrai de dire
« que ces titres, pour la plupart en toc, ont
« fait la fortune de nombre de gentilshommes en
« strass.

« De l'autre côté de l'Atlantique, elles sont lé-
« gion les âmes naïves qui, en voyant dans les
« échos mondains de grands noms sonores,
« croient retrouver en eux des descendants des
« preux chevaliers. Plus d'un gentilhomme serait
« dans l'embarras de produire un titre remontant
« le cours de quelques siècles.

« M. A. de Royer fait une longue énumération
« de la vraie noblesse française qui soit alliée
« aux familles américaines.

« Le comte Louis-Philippe de Choiseul-Pras-
« lin a épousé, en décembre 1874, miss Marie-
« Elisabeth Forbes, qui lui apporta en dot un
« million de dollars. Son parent, le marquis de
« Choiseul, a épousé miss Clara Coudert, avec
« 250,000 dollars.

« Jean-Élie-Octave-Sever-Amanien, duc De-
« cazes et de Glucksberg, a épousé, en avril 1888,
« Isabelle-Blanche Singer, qui lui a apporté en
« dot 2 millions de dollars.

« Charles-Maurice de Talleyrand-Périgord, duc
« de Dino, divorcé d'Elisabeth Beers-Curtis, s'est
« remarié en 1887 à Adèle Sampson, veuve de

« Levington-Stevens, qui lui a apporté 7 millions
« de dollars.

« Un duc de La Rochefoucauld a épousé miss
« Mattie Mittchell, qui a eu en dot 300.000 dollars.

« Américaine aussi la comtesse de Montholon,
« née miss Marie Gratiot, ayant eu 100.000 dol-
« lars de dot, comme la marquise de Morès,
« veuve de l'explorateur, née Médorah-Mary
« Hoffmann, dont 500.000 dollars de dot.

« Le comte Bony de Castellane a épousé
« miss Anna Gould, qui lui a apporté 15 millions
« de dollars, etc.

« Le comte de Laugier-Villars, ministre pléni-
« potentiaire, a épousé miss Carola Livingston
« avec 800.000 dollars. »

M. A. de Royer passe aux nobles ayant contracté mariage avec de riches israélites.

« Le prince de Ligne a épousé une demoiselle
« de Rothschild ; le prince Louis-Philippe-
« Alexandre Berthier, prince de Wagram, se
« marie le 7 septembre 1882 à Berthe de Roths-
« child ; le duc Antoine-Alfred-Agénor, duc de
« Grammont, prince de Bidache, de Guiche, de
« Lesparre, ancien officier de cavalerie, conseiller
« général des Basses-Pyrénées, a épousé en
« deuxièmes noces, en 1878, Marguerite Alexan-
« drine de Rothschild.

« Juives aussi : la duchesse de Rivoli, née

« Furtado ; la princesse de Chalençon-Polignac,
« née Mirès ; la duchesse de Richelieu, aujour-
« d'hui princesse de Monaco, née Heine ; la mar-
« quise de Plancy, née Oppenheim, etc. »

Supposons un propriétaire d'une centaine de
mille francs, somme considérée à la campagne
comme une fortune. Elle donne la faculté, en
effet, d'avoir métairies et domestiques. Partagée
entre six enfants, par exemple, chacun d'eux ne
possédera plus qu'une quinzaine de mille francs,
et si ce fait se renouvelle une deuxième fois,
pour mieux dire si quelqu'une de ces parts n'est
pas augmentée par une alliance, exception faite
de la prodigalité, des spéculations malheureuses
ou autres causes encore, les enfants de cette
branche courront les risques de tomber dans la
dernière pauvreté. Le même fait se produira pour
toute fortune à quelque degré que ce soit, qu'il
s'agisse de la ville ou de la campagne. J'ai vu, en
ce qui me concerne, de ces exemples et j'ai été le
subordonné d'hommes à particule dont les parents
de l'un qui était un ami, avaient été millionnaires
et dont les enfants sont aujourd'hui domestiques.

Aucune exception ne peut être faite à notre
égalité de naissance, à notre égalité d'origine,
même pour certains grands noms historiques,
pour la noblesse de race dont parle M. A. de
Royer, en remontant assez haut la généalogie.

L'antique noblesse, comme la nouvelle, toute la noblesse repose son orgueil sur son piédestal d'or; mais ceci est insuffisant pour qu'elle s'attribue toute gloire et tout honneur à l'exclusion de tous ceux dont le nom est dépourvu de particule.

En examinant nos vieux parchemins de famille, qui sont des actes notariés, j'y vois mon trisaïeul paternel *propriétaire*, et mon aïeul *métayer*, quoique encore *propriétaire*, sa propriété étant insuffisante à ses besoins et à ceux de toute sa famille. Mon père, *propriétaire* également, est contraint d'être en même temps *tierceur* pour parfaire notre strict nécessaire. Un de mes oncles, au contraire, se trouve dans une aisance suffisante pour avoir plusieurs serviteurs à son service.

Il me plaît de compulser ces vieux papiers, que tu examineras également plus tard, parce qu'ils sont l'image vivante, la reproduction fidèle de la vie réelle de nos ancêtres. Ils nous disent les peines qu'ils eurent, les souffrances et les humiliations qu'ils supportèrent, avant et après l'abolition des droits féodaux ; abolition imposée par les faits qui précédèrent la date du 4 août 1789.

« En beaucoup de lieux, nous dit l'histoire, « les paysans brûlèrent les couvents et les châ- « teaux pour détruire les anciens titres et les « chartes féodales. »

Mon père m'a parlé quelquefois de cette période troublée que mon grand-père appelait la période de *la peur* et que l'histoire dénomme la *Terreur*. Nous savons la résistance désespérée que firent avec un entêtement sans bornes la noblesse et le clergé, par la royauté qui succomba, pour conserver leurs démesurés privilèges, malgré les justes protestations, les vives plaintes d'un peuple qu'une faillite et une disette artificielle, connue sous le nom de pacte de famine, venaient de mettre aux abois, poussaient aux moyens les plus extrêmes.

Une semblable résistance était plus qu'aveugle, plus qu'imprudente, elle était égoïste, elle était criminelle.

« La nécessité brise le fer et peut aussi briser le droit », disent les savants.

Il n'est pas de barrières artificielles pour résister à la misère, à la faim. Les victimes de cette ère sanglante sont autant de crimes sur la conscience des deux Ordres pour lesquels la justice n'était rien, la volonté tout.

D'où leur venaient donc ces privilèges, en vertu de quels droits les détenaient-ils?

Sur quelle loi, sur quel principe se reposaient-ils pour disputer aux autres le droit même de vivre?

Nous allons le voir.

Voici ce qu'en pense le savant belge, M. Domela
Nieuvenhuis, qui est un observateur profond,
quoique portant aux yeux de certains la tare de
socialiste :

« La mode est de vomir des injures contre la
« grande Révolution française de 1789, en imi-
« tant M. Taine et les académiciens qui doivent
« leur situation à cette dernière, oubliant, les
« ingrats qu'ils sont, que leur grandeur et leur
« suprématie reposent sur le piédestal de la
« Révolution.

« Dans tous les temps et chez tous les peuples
« le droit à la résistance fut un droit sacré et le
« tyrannicide se trouve glorifié dans nos théâtres
« et sur nos livres.

« A proprement dire, la question du chemin
« légal et du chemin révolutionnaire n'en est pas
« une. Chacun a autant de droit qu'il a de force,
« a dit le célèbre philosophe Spinoza, et c'est la
« vérité. Ayez tout le droit possible, mais n'ayez
« pas la force au besoin de prendre votre droit,
« cela ne vous servira à rien. C'est nous qui
« créons le droit sitôt que nous sommes assez
« forts pour le comprendre et, à ce moment-là, il
« est en même temps la Loi. La légalité n'est en
« réalité qu'une forme de la force et la chose est
« si évidente que lorsqu'une insurrection réussit,
« le comité révolutionnaire devient le gouverne-

« ment légal, recevant les honneurs prodigués à
« tout gouvernement qui sait se faire obéir. Le
« mouvement insurrectionnel échoue-t-il ? Du
« même coup l'acte devient illégal et les insurgés
« deviennent des criminels qui seront punis
« comme coupables. On oublie qu'il y a un che-
« min légal dans la violence. »

Peu après l'apparition de l'homme sur la terre
et dès qu'il fut sorti des ténèbres du commencement, lorsqu'il voulut lutter contre des éléments
qu'il redoutait, contre tout ce qu'il soupçonnait
son ennemi, il sentit le besoin d'unir ses efforts
pour l'accomplissement de cette action, d'où :
l'idée mère de direction dont le soin en serait
confié à celui reconnu le plus intelligent et le
plus sage.

L'histoire des peuplades anciennes, préhisto-
riques et historiques, des Égyptiens, des Phéni-
ciens, des Chinois, des Grecs, des Romains, nous
donne l'exactitude de cette opinion.

Les Francs étaient eux-mêmes divisés en
petites tribus dont chacune avait son chef ou
roi.

Mais l'homme en se donnant une direction,
laquelle serait le point de concentration de ses
efforts pour vaincre les obstacles qu'il pensait
devoir rencontrer, n'a pas entendu aliéner complètement sa liberté, même lorsqu'il était encore

à l'état primitif de son apparition sur la terre.

Comme exemple à l'appui de mon dire, rappelons-nous la réponse du duc d'Aquitaine à Hugues Capet, lui disant : Qui t'a fait duc ? Qui t'a fait roi ? répondait le duc. Quelques historiens rapportent le fait entre Hugues Capet et Aldebert de Périgord ; ce qu'il nous importe de connaître, c'est qu'il a eu lieu ainsi.

En peu de mots, le vassal rappelait au roi leur réelle situation. Les serfs auraient pu dire plus.

Le chef ou roi des Francs était obéi pendant la guerre, mais il n'avait plus d'autorité en temps de paix ; c'étaient les guerriers réunis en assemblée qui décidaient de toutes les choses importantes. Une mentale comparaison avec le système gouvernemental actuel des nations les plus civilisées nous laisserait presque croire à un état plutôt rétrograde.

S'il est vrai que la première idée de l'homme fut de concentrer ses efforts en des mains intelligentes et sages, il est non moins sûr qu'il fut généralement trahi dans sa confiance ; que des audacieux, des César, s'emparèrent d'une autorité qui ne leur avait pas été donnée, subjuguèrent leurs semblables en les spoliant. Là seulement serait donc la tache originelle. Les luttes entre dominés et dominateurs, puis entre usurpateurs, n'ont été que la longue suite d'un égoïsme qui pousse à confisquer tout à son profit. C'est pour cela que la Noblesse et le Clergé, directs bénéficiaires de spoliations plus ou moins anciennes, ne consentirent à céder à la bourgeoisie une partie du pouvoir usurpé qu'ils détenaient depuis si longtemps, que contraints par la force et par crainte de le perdre tout à fait.

III

Servage et égoïsme.

Bien que le genre de domination soit resté à
peu près le même malgré l'adjonction du Tiers-
État aux deux autres Ordres, il n'est pas niable
que la Révolution de 1789 changea, au fond, l'axe
des choses, en donnant au peuple une impulsion
d'indépendance relative à l'époque où ces faits se
produisirent, prouvant ainsi l'utilité des révolutions successives pour arriver à un idéal de justice
commune à tous. Puisque tout progrès découle
d'un progrès précédent, ce résultat sera inévita-
blement atteint sans que des flots de sang viennent l'assombrir, si nous nous en reportons du
moins à celle pour ainsi dire récente du Brésil :
Dom Pedro d'Alcantara fit abandon, en effet, de sa
couronne, en pleine révolution pacifique. C'est
pourquoi je ne comprends pas qu'il y ait des indi-

vidus ayant un sens moral assez vicié pour attenter aux jours de quelques membres de la société, sous prétexte d'exhiber une haine sans frein contre celle-ci, parce qu'ils trouvent qu'elle ne se transforme pas assez vite en un état meilleur. Ces attentats ne peuvent pas avoir un nom politique ; ils sont criminels. Je ne puis concevoir également qu'il y ait des savants, des sommités de sciences, de lettres et d'arts, pouvant se dire les partisans de semblables doctrines. Tout crime, quel qu'il soit, appartient à la loi commune et doit être puni comme tel.

De tels actes d'ailleurs retardent plutôt toute amélioration sociale, aussi quelques polémistes, des pamphlétaires comme M. Henri Rochefort, se sont demandés s'il n'y avait pas là la répétition, dans un autre genre, des *blouses blanches* de l'Empire.

Certes, les pouvoirs sont indéfiniment empreints de cet esprit dominant d'égoïsme, cause de tous les maux de l'humanité, en quoi ils sont très coupables, car ainsi, s'ils ne provoquent pas les guerres fratricides, ils ne font rien pour les éviter. Des concessions s'imposent de part et d'autre pourtant entre les besoigneux et les satisfaits.

Avec le subit développement de l'instruction, s'est révélé le besoin d'un bien-être relatif qui ne saurait être enrayé, pas plus que ne l'aurait pu être ce même développement; mais, en le favorisant, le législateur aurait dû en prévenir toutes les conséquences.

En recherchant la subite et complète émancipation morale, il eût été également nécessaire de faire marcher de front l'émancipation matérielle, ce qui n'a pas été fait.

Pour repousser celle-ci, on tente aujourd'hui d'enrayer celle-là, comme si le progrès n'avait pas toujours franchi tous les obstacles, quels qu'ils aient pu être !

Il faut, crie-t-on sur tous les tons, dans les journaux stipendiés par les capitalistes égoïstes, il faut, dès l'école, ramener la jeunesse vers l'agriculture, mais on n'indique pas quelle sera la rétribution de ce travail, si, en un mot, on en vivra ?

Ici se pose cette question :

Pourquoi les petits propriétaires, les tierceurs dont j'ai parlé disparaissent-ils ?

Parce que la terre qu'ils arrosent de leur sueur et de leur sang ne leur procure même plus en toute sécurité le morceau de pain sec dont ils se contentaient, avec un peu d'eau claire.

Pressurés tout d'abord par des impôts exorbitants qu'ils comptaient toujours voir disparaître, ils ont contracté, pendant quelques années, des

3

petites dettes, espérant les éteindre avec une bonne récolte qu'une température plus clémente leur procurerait. La température ne s'améliorant pas et les impôts ayant plutôt grossi, ils sont allés chercher leur nourriture ailleurs, après avoir vendu au plus riche voisin leur dernier lopin de terre. (Je pourrais citer tel village qui, sur seize feux dont il se composait à mon jeune âge, n'en comporte plus que deux.)

Ils vont concurrencer dans les manufactures, dans le commerce, dans les administrations publiques et privées, leurs frères de misère des villes qu'un « outrancier » machinisme réduisait déjà à l'inaction. Il est fort curieux que chacun voie ce dont aucun gouvernement ne convient pas, même lorsque la misère atteint l'intensité de celle de l'Italie, telle que les journaux nous l'ont représentée, du moins à un moment donné : — « des paysans trouvés morts sur les bords des chemins avec la bouche pleine d'herbe. »

Nous savons, nous, quoi qu'il en soit, la concurrence que les émigrés Italiens sont venus nous faire dans nos plus grands travaux, malgré les dénégations de tous les « Crispi » du gouvernement d'outre-Alpes.

Les capitalistes, grands financiers, grands industriels ou grands terriens, se réjouissent dans leur intimité d'un semblable état de choses, qui pourrait cependant bien tourner à leur confusion. s'ils ne veulent y prendre garde.

Le progrès n'a profité qu'à une seule classe de la société, la classe possédante, cela est indéniable, parce que les lois trop anciennes n'ont pas été transformées, amendées, alors qu'une impérieuse nécessité l'exigeait.

Là où les uns n'ont pu vivre, comment les autres y vivraient-ils si des modifications profondes ne changent l'état de choses actuel?

Que peut devenir, dans l'agriculture, une personne, fille ou garçon, qui ne possède rien?

Rester dans le servage et l'abrutissement primitifs. Mauvaise rétribution, mauvaise nourriture aux heures de jeunesse, malgré un labeur incessant et des plus durs, il ne faudrait pas compter faire d'économies pour jouir dans la vieillesse d'un repos pourtant bien chèrement gagné!

Et tant d'efforts auraient été faits, une instruction suffisante donnée à la jeunesse pour un aussi dérisoire aboutissant? Cela est impossible! D'aussi perfides conseils, il ressort beaucoup d'égoïsme.

Ah! l'égoïsme! on peut l'accuser, l'accabler d'épithètes haineuses, sans craindre d'excéder les bornes de la vérité. C'est l'hydre aux cents têtes, le reptile indestructible.

Toujours et partout, nous le rencontrons.

S'il n'est plus de naïve fraternité comme autrefois, si les fils du riche ne fréquentent pas ceux du pauvre, s'ils les dédaignent davantage, au contraire, c'est parce que notre égoïsme et notre orgueil se sont accentués.

Si les unions ne se contractent qu'après de honteux marchandages desquels l'amour est naturellement banni, n'est-ce pas dû à l'égoïsme?

Si le salaire du travailleur est insuffisant pour le faire vivre, — car la maigre subsistance que celui-ci parvient péniblement à se procurer l'empêche juste de mourir de faim, — cela ne découle-t-il pas encore de l'égoïsme!

Il est l'instigateur de tous les crimes.

Et combien d'autres faits à porter à son actif en examinant tous les actes qui s'accomplissent journellement; actes désignés sous l'appellation complexe et vague à la fois de *lutte pour la vie*. Ce n'est certes pas de gaieté de cœur que le cultivateur abandonne sa chaumière. Par une sorte d'intuition secrète, il devine l'échange qu'il fait d'une vie de relative liberté pour une autrement esclave.

Le travail des usines commence à heure fixe, s'interrompt pour le repas, à heure fixe, cesse à heure fixe. Ainsi que dans le commerce et les administrations, travail de fièvre et lieu d'injustices voilées par les exigences d'une stricte régularité et d'une discipline très sévère. On sent qu'il y règne une sujétion excessive, inhumaine, animale plutôt, sujétion de l'ancien servage qui ne disparut pas avec les châteaux-forts et les tours crénelées, mais simplement se déplaça, se transforma, se modernisa, se raffina.

Le salarié actuel a sans doute un avantage immense sur l'ancien esclave. « Considéré abstrac-« tivement, dit Lamennais, il s'appartient de « droit, il peut à son gré disposer de soi-même, « agir ou n'agir pas, mais si sa volonté est « exemple de contrainte directe, n'est-elle pas « soumise à une autre contrainte absolue? Puis-« qu'il vit de son travail, il dépend du capitaliste « qui le lui fournit; évincé par celui-ci, il tombe « dans la misère, un autre étant là pour le rem-« placer, tant les rangs sont pressés de ceux qui « ont besoin. La concurrence entre capitalistes « n'existe pas; mais, existât-elle, que ceux-ci ne « se trouveraient pas atteints parce qu'ils peu-« vent attendre, tandis que le travailleur ne le « peut pas »; n'étant pas sûr du lendemain, il est contraint de supporter les fatigues, les agaceries, les vexations les moins tolérables. La quotité du salaire est subordonnée aux mêmes raisons dont la primordiale est le défaut d'entente entre travailleurs.

IV

Vues politiques particulières

Tant que les lois seront faites par les hommes du privilège, c'est-à-dire par les plus fortunés, les plus riches, l'iniquité subsistera, parce qu'elles auront pour but l'intérêt particulier de leurs auteurs, au détriment de l'intérêt du peuple, de l'intérêt général.

L'esclavage, dans l'ordre civil, étant une conséquence immédiate et inévitable de l'esclavage dans l'ordre politique, il est indispensable que l'affranchissement dans ce dernier ordre soit moins fictif qu'il n'est, soit plus réel, soit complet.

Tous les représentants du peuple devraient être directement élus par lui avec une mission bien définie, impérative.

Un gouvernement, établi en dehors de ce principe, est irrégulier, illégal. Il est illogique de dire *au nom du peuple* si l'avis de celui-ci n'est pas directement et nettement exprimé. Ainsi tout le monde reconnaît que le fonctionnement présent de la représentation nationale est anormal. La Chambre des Députés, émanation directe du peuple, est condamnée à l'impuissance, à une stérilité complète, par ce que le Sénat, issu du suffrage restreint, émanation tout à fait indirecte du peuple, puisqu'il est élu par les plus riches, les privilégiés, neutralise tout ce qui est, pour bien dire, susceptible d'améliorer la situation du prolétaire.

On aura beau objecter : le sénateur est l'élu des délégués de la représentation communale, de la représentation départementale qui, elles, sont élues du peuple ; par conséquent, il représente celui-ci, je réponds : Non ! c'est une fiction !

Pour l'élection du Conseil municipal, le pauvre n'agit pas dans la plénitude de sa liberté, de sa volonté. Il cherche à éviter les froissements, les haines d'orgueil, parce qu'il sait qu'il dépend du riche qui l'emploie ; et puis, les édiles municipaux, n'ont jamais une politique bien nettement définie au point de vue général. Presque toujours les délégués aux élections de sénateurs, aussi bien ceux communaux que ceux départementaux, représentent l'idée la moins démocratique du pays, c'est-à-dire la plus réfractaire à tout progrès dans le

sens vraiment émancipateur. La stérilité parlementaire est arrivée à un degré tel que la Chambre même ne se trouve plus l'émanation directe
du peuple, parce qu'il ne prend pas part en nombre complet aux élections, et il s'ensuit que des
élus représentent à peine une faible minorité de
leur circonscription.

Beaucoup se font un raisonnement essentielle-
ment mauvais, préjudiciable à eux-mêmes quand
ils se disent :

« Que m'importe la politique, je n'y connais
« rien et ne veux rien y entendre, j'ai besoin de
« travailler pour vivre et depuis le temps que
« cela dure je ne m'aperçois pas devenir plus
« heureux : c'est toujours la même chose. »

D'abord il serait inexact de dire qu'aucun progrès n'a été accompli ; la lenteur n'est pas la négation, c'est la prudence exagérée, veux-je croire.

Ce qu'il importerait d'observer avec le plus
grand soin, avec acharnement, c'est la nécessité
d'enlever les majorités à la classe possédante
dans toutes les assemblées électives. Grave
erreur, erreur irréparable de croire qu'en délé-
guant un pauvre, il ne songera qu'à remplir ses
poches, « sans s'occuper du reste, » tandis qu'un
riche n'aura pas ce souci ?

Le naturel humain est insatiable : qui possède un million cherche le moyen d'en avoir

deux ; dans toutes les castes il y a des honnêtes gens et des voleurs. Le dernier mot de la législation devrait appartenir à des représentants du peuple, élus directement par lui et non à ceux du suffrage restreint.

Qui ne s'aperçoit qu'un tel vice d'organisation amoindrit notre pays, ramène insensiblement le moral du peuple de France, malgré les énergiques protestations de champions clairvoyants, au niveau de celui de l'Espagne catholique et monarchique, qui pleure davantage la « Perle des Antilles » perdue par sa faute que certains martyrs de la citadelle de Montjuich.

Mais il ne sera pas plus touché à la Constitution dans un sens réellement et radicalement réformateur qu'au mode de fonctionnarisme existant, à moins que ce ne soit comme pour les réorganisations du Comité consultatif des chemins de fer, par exemple, qui de quinze membres dont il était composé au début, dépasse aujourd'hui la centaine.

Nul ne contestera l'inutilité absolue des sous-préfectures qui ne sont que des établissements de transmission, et cependant, malgré un vote de la Chambre pour leur suppression, elles subsistent toujours.

On ne saurait trouver de démonstration plus évidente pour dire que les actes des délégués directs du peuple sont sans valeur, puisque ceux-ci ne font pas respecter la volonté de leurs mandants qui est celle exprimée par eux, à moins qu'ils ne conviennent eux-mêmes par avance que leurs dits actes ne sont pas sérieux.

Combien de lois votées par la Chambre sont venues échouer dans les cartons du Sénat, d'où elles ne sont pas ressorties? Anomalie tout à fait inexplicable autrement que par un « je m'enfichisme » fin de siècle. Piétinement sur place, tournoiement autour d'un cercle vicieux. Que de réformes nécessaires, impérieuses pourtant! Et pour cela, la volonté, le courage, l'énergie, la réflexion et la fermeté nécessaires, font totalement défaut à nos représentants.

Les plus importantes, les plus démocratiques réformes s'obtiendraient, je pense, au moyen d'un vaste pétitionnement présenté sous une forme nouvelle. Si, par exemple, au moment des élections législatives et alors que les candidats s'évertuent à étaler leur programme devant leurs électeurs, programmes tous meilleurs les uns que les autres; si, dis-je, les électeurs de chaque commune ayant au préalable, par la formation de petits comités, préparé et signé à la presque unanimité des pétitions qui contiendraient les réformes désirées par la masse, mettaient les candidats en demeure d'accepter, sous forme de mandat impératif, de s'engager à proposer à l'Assemblée et de défendre devant elle toutes ces réformes, et, en admettant que toutes les communes du territoire se fussent préalablement consultées — ce qui serait facile par l'intermédiaire des municipalités — le but poursuivi depuis des siècles ne serait pas loin d'être atteint. Mais l'initiative doit en être prise par le non fortuné, je le répète, qui ne doit pas compter que les alouettes lui tombent toutes rôties dans la bouche. Le riche se moque des réformes, n'en sentant guère le besoin. En les appelant, il désire qu'elles ne viennent pas.

Quel est le sénateur qui oserait combattre une loi votée dans ces conditions, par la Chambre des Députés, et que pourrait alléguer la Haute Assemblée pour ne la point sanctionner, à moins qu'elle ne se déclarât révolutionnaire, ce qui serait s'aventurer loin ?

Je voudrais bien voir, comme suite au plan que j'indique, la discussion d'un véritable impôt progressif du revenu, de la réforme de la magistrature, de la séparation des Églises et de l'État, de l'élection du Sénat par le peuple, etc.

D'hypocrites intéressés disent : *Le pauvre ne doit pas faire de politique.* Un isolé, par-ci par-là, je veux bien l'admettre pour les raisons précédemment exposées, mais tous unis : Non ! —

Où est donc alors la souveraineté du peuple?

Certes le *statu quo* fait le bonheur du capitaliste, il peut à son aise exploiter le travailleur qu'il tient ainsi de façon savante et prudente dans l'isolement. J'ai dit, et bien d'autres l'ont écrit avant moi, que l'ordre économique découlait de l'ordre politique. C'est pourquoi nul ne doit s'en désintéresser.

V

Une façon d'envisager l'intérêt du paysan

Je t'ai fait voir, chère enfant, le lieu de mon enfance, la maison d'école où, à sept ans, je commençai à épeler mes lettres, où je terminai mes études à quatorze.

Je t'ai dit qu'à la campagne la vie était rude pour le pauvre ; les études ne sont pas de longue durée, à quelques rares exceptions près. En ce qui me concerne, je n'ai pas à m'en plaindre, mon père m'ayant facilité autant que faire se pouvait. J'eus un bon maître d'école.

Né dans mon village même, où il est mort du reste, il pouvait être classé parmi l'élite des membres enseignants sortis des écoles normales de la fin du règne de Louis-Napoléon. Ce qui nous le faisait très considérer, c'était la politesse

exquise qu'il avait pour tout le monde en général, pour ses élèves particulièrement, voulant
ainsi leur souligner l'exemple à suivre. Son
aménité pour nous était la preuve qu'il nous
considérait tous comme ses enfants.

D'un dévouement absolu, il n'épargnait pas la
peine que lui donnait la carrière qu'il avait em-
brassée. Il était l'honneur et la régularité mêmes.

Je le vois encore, ce bon M. Louiset — c'était
son nom familier — épuiser ses cordes vocales
pour nous inculquer une leçon d'histoire ou une
règle de trois simple. Il ne me punit que deux
fois ; j'ai dû mériter de l'être plus. Cependant,
malgré l'étourderie de l'âge, j'étais sensible et la
honte d'une punition connue de mes camarades
me faisait longtemps tenir sur mes gardes.

Lorsque je quittai l'école, je le contrariai
beaucoup. J'étais studieux, doublement peut-
être, parce que mon père, ne sachant ni lire ni
écrire, me répétait sans cesse la gêne qu'il en
éprouvait.

Mais à quatorze ans j'étais le plus grand des
écoliers, et lorsque les voisins me voyaient passer,
sur le chemin vicinal bordé par leurs terres,
pieds nus, mes sabots à la main, mon bissac sur
le dos, dans lequel il y avait, avec mes livres, le
morceau de pain pour ma collation de midi, ils
chuchotaient dans un sourire quasi-mystérieux :

— Quoi! encore à l'école, ce grand garçon; que veut donc en faire son père ? Assurément pas un travailleur ?

J'ai entendu ces rumeurs de brutale bêtise qui, parfois, ne m'étaient pas cachées et cela me désolait.

Il en est souvent qui, sans intention nuisible, et sous prétexte de vouloir se faire les champions de réformes imaginaires chez leur voisin, font de ces remarques saugrenues alors qu'ils seraient suffisamment pourvus de besogne chez eux, agiraient sagement, tout au moins, en conservant leurs réflexions personnelles. L'histoire de la paille et de la poutre leur échappe.

Blessé dans mon amour-propre par ces considérations et voyant d'un autre côté mon père peiner seul pour me faire donner ce qu'il n'avait pas l'heur d'avoir — un peu d'instruction comme il disait — je résolus de quitter l'école pour tenter du genre de travail qui m'attirait : celui des champs. Je considérai, d'ailleurs à tort, bien entendu, que mes connaissances littéraires devaient être suffisantes pour cela. Mais ma délicate santé fut l'obstacle qu'une plus mûre réflexion me fit bien vite entrevoir. Il ne me serait jamais possible de cultiver la terre avec l'assiduité, la ténacité, l'acharnement nécessaires. Si encore notre petite propriété avait pu nous suffire ! D'une trop grande exiguité qu'elle était déjà, que serait-

4

elle plus tard divisée en deux, étant entendu que le cultivateur qui, dans notre commune comme dans celles voisines, indépendamment de son champ propre, n'aurait trouvé, ne trouverait temporairement aucune autre espèce de travail ? S'il est des lieux où le travailleur a la facilité de gagner quelque argent de diverses façons, il en est d'autres qui offrent infiniment peu de ressources. Le travail ne fait, certes, pas défaut aux champs, ce n'est pas le fonds qui manque ; ce sont les fonds. Bien des gens possesseurs d'une grande étendue de terres sont contraints de pourvoir très incomplètement à leur nécessaire s'ils veulent faire ce qu'on appelle face à leurs affaires, c'est-à-dire ne pas s'endetter, ne pas se voir forcément démunir d'une partie ou de tout ce qu'ils possèdent, ce qui arrive quelquefois quand même.

Il est très étrange que ce soient précisément ceux qui, retirant de la terre toute sa production, la subsistance de l'humanité tout entière, en profitent si peu. Cela est cependant en raison du défaut d'entente entre eux. Si, en effet, d'un commun accord, à la suite d'un engagement formel de n'y point faillir, tous enchérissaient sensiblement leurs produits, cela leur permettrait d'y goûter un peu, tout en rémunérant mieux ceux qu'ils emploieraient.

Mais il faudrait que l'entente, chez le fermier, stipulât en même temps l'engagement de ne point accepter d'augmentation de ferme de son propriétaire.

Le système économique se trouvant modifié de ce fait, le producteur aurait la juste satisfaction de bénéficier de ses produits avant tous autres, de façon raisonnable.

A mon avis, l'abaissement des salaires n'indique pas, aujourd'hui, la prospérité d'une nation ni le bien-être de l'ouvrier, pas plus que la modicité du prix de certains objets de première nécessité, malgré l'équilibre apparent qui semble en résulter, étant acquis qu'en même temps lesdits salaires sont plus élevés dans les pays voisins. Jetons, à ce sujet, un coup d'œil sur l'univers; nous voyons prospères l'Angleterre et les États-Unis, pays où les salaires sont les plus élevés, alors que le contraire nous apparaît pour les nations latines, germaniques et slaves.

Quoique la crainte d'être obligé de cultiver un jour des champs qui ne m'appartiendraient pas et ma délicate santé m'obligeassent à rechercher un autre genre de travail durable et sûr, à me fixer une carrière, chose peu facile et longue pour les déshérités de la fortune, j'ai toujours été très heureux d'avoir pu étudier la nature de si près.

A vrai dire, les bois, les prés, les champs for-
tifient physiquement et moralement tous ceux
qui les fréquentent, y compris ceux qui épuisent
journellement leurs forces pour les faire produire. C'est probablement l'allusion de la mytho-
logie, lorsqu'elle nous représente Antée dans sa
lutte avec Hercule, prenant des forces nouvelles
chaque fois que ses pieds touchent le sein de sa
mère : la Terre, comme on sait.

Celui qui est astreint au dur labeur de la culture profite assurément de toutes les beautés de
la nature sans paraître s'en douter, sans paraître
s'occuper de toutes les délices qui l'entourent.

A la belle saison, les parfums des fleurs, des
plantes, les chants des oiseaux le charment au
soleil levant, et le soir, rompu de fatigue, il s'en-
dort dans un calme qui n'est guère interrompu que
par le chant du rossignol qui veille sur sa couvée.

J'ai tracé quelques sillons à la charrue, bêché
la vigne, sarclé le blé, le maïs, la pomme de
terre, le tabac; fauché l'herbe du pré naturel ou
artificiel, la bruyère; coupé le bois, ébranché,
émondé les arbres et gardé les moutons un peu.
Je n'ai jamais accompli aucun de ces travaux
sans raisonnement mental et les fréquents repos
que je prenais n'étaient qu'une longue suite de
méditations en sens divers. Que de choses, que
de contrastes frappèrent mes regards alors ! Tout

ce que l'être humain peut philosophiquement penser et observer sur sa propre existence, je crois que je le pensai, je l'observai.

Par habitude ou par jugement instinctif le cultivateur illettré suit assez les principes établis en agriculture. Au fond, les premiers principes sont-ils du fait des écrivains ou des travailleurs ? D'un coup de bêche et d'un coup d'œil, il sait connaître la nature de son terrain et comment le faire produire.

Nous savons que les éléments principaux du sol sont le sable, l'argile et le calcaire ou pierre de chaux. Selon que chacun de ces éléments prédomine, le terrain présente des qualités ou des défauts qui lui sont propres.

Pour reconnaître exactement la nature d'un terrain, il y aurait lieu d'opérer de la façon suivante : prendre une poignée de terre, la faire sécher dans un four bien chauffé, puis la peser ; verser ensuite sur cette terre de l'acide nitrique ou eau-forte; s'il se manifeste un bouillonnement violent, c'est que la terre est fortement calcaire. Quand le dégagement du gaz carbonique a cessé, laver la terre avec de l'eau, la chauffer de nouveau fortement jusqu'au rouge, la peser une seconde fois ; la perte de poids donnera la quantité de calcaire enlevé par l'acide. Si la terre, une fois sèche, avant d'être chauffée au rouge, est très rude au toucher, facilement pulvérisable, très poreuse, c'est que le sable y domine ; si, au contraire, elle est douce, savonneuse au toucher, si elle colle à la langue, si elle forme avec l'eau une pâte liante, c'est alors l'argile qui s'y trouve en plus grande quantité.

Les défauts d'un terrain dus à la nature des éléments dont il est composé ne sont pas sans remède et, ce remède, la composition du sol l'indique.

A un terrain trop chargé d'argile, on mêle du calcaire, de la chaux ; à un terrain trop léger, trop sableux, on le condense avec de la marne.

La chaux ne doit être employée qu'avec beaucoup de circonspection, parce qu'en modifiant la constitution chimique du sol, en divisant les sols tenaces, en les rendant poreux, en hâtant la décomposition des débris végétaux et accélérant par conséquent la formation de l'humus, elle brûle les engrais animaux, et, par l'expulsion de l'ammoniaque, diminue dans une très forte proportion leur action fertilisante. Elle se répand ordinairement un peu avant les semailles et se recouvre par un hersage. On la mêle aussi avec les grains pour la semence, elle active leur germination en ameublissant le sol, elle les préserve aussi de la carie et des attaques des insectes. La marne s'emploie pour les terrains légers et brû-

lants qui ont besoin à la fois de calcaire et
d'argile. Si, comme la chaux, elle ne brûle pas
et ne rend pas solubles les débris des végétaux,
elle n'affaiblit pas les engrais animaux. On la
répand en petits tas dans les champs, l'hiver et
au printemps, après qu'elle a été bien divisée par
l'humidité et la gelée. On l'étale à la surface du
sol aussi également que possible. Le fumier se
mêle à la marne et s'étale avec elle. La marne
comme la chaux s'enterre, quand elle est sèche,
par le hersage ou le labourage. On emploie le
sable pour les terres fortes ou terres argileuses.
La chaux, la marne et le sable qui s'emploient
comme amendements sont en même temps des
engrais excellents, assez coûteux, surtout la
marne, et par cela même peu à la portée des petits
propriétaires. L'opération la moins onéreuse pour
ces derniers, puisqu'ils font eux-mêmes leur
manutention, consisterait en un déplacement des
terres pouvant s'approprier ensemble dans le
sens indiqué plus haut, cela pendant la saison
d'hiver. Pour se nourrir, les plantes empruntent au
sol les matières organiques et les sels alcalins et
terreux dont leurs organes sont formés ; de plus,
elles prennent à l'atmosphère l'eau, l'acide carbonique, l'oxygène et l'azote et, comme chaque
plante se nourrit d'aliments différents, on fait
succéder l'une à l'autre les cultures diverses dans

un ordre déterminé. Pour agir avec plus de succès, on établit des prairies artificielles de trèfle,
de sainfoin et de luzerne qui fournissent des
fourrages aux bestiaux, nécessaires eux-mêmes
pour avoir du fumier.

Le fumier, formé de la litière retirée des éta-
bles, des écuries, bergeries, est un engrais mixte,
parce qu'il est composé de détritus végétaux et
de matières animales. Le laisser séjourner à l'air
le moins de temps possible et le recouvrir de
couches de sulfate de fer, afin d'empêcher l'évaporation des gaz ammoniacaux. A défaut de sulfate de fer, on le recouvre de terre.

Beaucoup d'autres engrais sont utilisés : ainsi
les plâtres, toujours chargés de salpêtre, servent
comme engrais minéraux ; le sulfate d'ammoniaque donne de merveilleux résultats pour la culture des choux, des betteraves, de l'orge ; le
phosphate de chaux, qu'on peut produire dans les
fermes en délayant du purin avec un lait de
chaux, est très bon pour la culture des céréales.
Se basant sur les principes de la chimie, principes établis après beaucoup de tâtonnements et
d'expériences, très développés, très propagés
depuis quelques années, des capitalistes ont fondé
des usines pour la fabrication des engrais. La
France se trouve comme encombrée à l'heure
actuelle de ces établissements industriels dont

quelques-uns sont très vastes, très considérables.

Je n'ai pas l'intention de critiquer les produits de telle ou telle fabrication, je ne conteste pas la valeur, le bon effet immédiat des engrais chimiques fabriqués sur des données vraiment scientifiques; n'empêche que, cultivateur, je n'en emploierais guère.

L'engrais chimique est d'un prix trop élevé pour que le cultivateur ait le moindre bénéfice à l'employer, surproduction immédiate de récolte produite par ledit engrais comprise. Car des prix trop réduits dénoteraient un produit absolument imparfait, par conséquent inutile, presque de nul effet. D'un autre côté si, par l'emploi d'un stimulant chimique, on force la production de sa terre, on l'épuise, et si on n'entretient pas ce stimulant, si on n'en augmente pas la dose même, on risque fort d'en arriver à ce qu'elle ne puisse plus rien produire.

Les plus répandus des engrais chimiques sont les phosphates et superphosphates de chaux. Ils sont composés de poussière de pierres de chaux et de cailloux moulus, poussière quelquefois mélangée á du sable très fin à laquelle est ajoutée une faible quantité d'acide sulfurique, le tout complètement sec. La poussière de pierres de chaux peut être suppléée par du sel de calcaire. L'acide contient 3 équivalents d'oxygène et 1 de

soufre et presque toujours de l'eau. Liquide inco-
lore, onctueux, guère mobile ; les anciens le dénom-
maient pour cette raison : huile de vitriol. Extrê-
mement acide, il désorganise les tissus et est très
avide d'humidité. On le rencontre en grande
quantité dans les sources situées près des volcans,
dans le gypse, la strontiane et dans les salpêtres
alcalins des mers.

L'emploi de sulfures ou pyrites (sorte de poussière composée de soufre de métaux et métal-
loïdes) par les grandes usines d'engrais, permet
de livrer aujourd'hui cet acide au commerce à des
prix peu élevés.

En avançant qu'à la place du cultivateur je ne
voudrais pas employer d'engrais chimiques, je ne
prétends pas nier la nécessité de fumer et d'amen-
der les terres ; je reconnais, au contraire, qu'il est
nécessaire de les fumer beaucoup, avec des
engrais naturels : litières de bestiaux à l'état de
fumier, chaux, plâtre, sable, sel, cendres, terreau,
terrassements de toutes sortes, ou mieux déplacements de terres. Ce sont là, du reste, les seuls
moyens, je le confirme, à la portée du petit propriétaire, du métayer pauvre, en raison de leurs
médiocres ressources.

Une loi de prêts sur récoltes ou sur immeubles,
votée par le Parlement dans le but de secourir
ces derniers, me laisse supposer que le but atteint

sera tout différent de celui soi-disant poursuivi, à
cause de ses conditions d'application. Le paysan,
comme on appelle communément l'homme des
champs, a-t-il donc besoin d'entretenir de ses
deniers le faste des marchands et fabricants
d'engrais, pour des produits en général conformes
aux données scientifiques, je l'admets, souvent
douteux aussi ? Il paye, par ses privations, les
dépenses énormes des manufactures industrielles
avec leur imposant personnel : directeurs, ingénieurs, architectes, chefs comptables, comptables,
contremaitres, mécaniciens, représentants, ven-
deurs, etc., etc., dont quelques-uns touchent des
appointements presque royaux ; il procure aux
propriétaires de ces établissements des dividendes
dont le commun des mortels ne peut connaître
l'importance. A-t-il besoin de payer tout cela ? Je
ne le crois pas. Nous savons que la longue crise
agricole qui sévit sur l'Europe provient de l'inclé-
mence de la température. Cela est si vrai que les
maladies de la vigne n'ont pu être efficacement
enrayées que par un renouvellement, encore que
ce moyen ait été parfois de nul succès.

Me basant sur cette vérité, que l'excès est nuisible en toutes choses, je serais tenté de croire,
jusqu'à un certain point, aux pronostics de certains vieillards s'écriant, lors de la construction
des premières lignes de chemins de fer, que cela

allait être un bouleversement, une ruine, une désolation.

J'impute le bouleversement passager, espérons-le, de la température, à l'emploi trop subitement exagéré de l'électricité et de la vapeur et je laisse aux sommités de la science le soin de réfuter mon argument. Je crois même en la facilité de le pouvoir faire, mieux qu'en celle de donner l'explication de ce trouble dont je recherche la cause. Mes suppositions reposent en partie sur les données scientifiques, d'ailleurs. Notre planète qui a été, dit-on, une masse gazeuse et incandescente tournant sur elle-même et autour du soleil, est enveloppée d'une couche d'air dénommée atmosphère, d'une épaisseur d'environ 80 lieues, dont une dizaine de kilomètres respirable. Cette atmosphère, que des courants traversent et agitent continuellement, contient une quantité considérable d'électricité nécessaire à ces courants ou éléments naturels, à l'effet de maintenir une température normale, c'est-à-dire celle qui exista après la formation de la croûte terrestre. Un usage démesuré de ce fluide peut, en déplaçant vivement les nuages qui se forment par l'évaporation des eaux, nuages multipliés en outre par la très grande quantité de fumée qui se dégage journellement des machines à vapeur répandues sur la surface du globe, occasionner un refroidissement

anormal et nuisible de la température, les rayons
du soleil ne parvenant pas d'une façon suffisamment constante et libre jusqu'à nous. De là une
sorte d'anémie générale qui disparaîtra sans doute
au moment du rétablissement de cet équilibre
qui, espérons-le, se reformera dans et malgré le
trouble causé par la volonté humaine.

Les produits chimiques ne peuvent pas remplacer le soleil, celui-ci étant au surplus nécessaire à leur formation et à leur action. *Le cœur
de l'univers*, comme l'appelle *Théon de Smyrne*,
le *flambeau du monde*, d'après *Copernic*, l'*étoile
des étoiles* selon *Arago*, échauffe notre terre par
ses ardeurs bienfaisantes et vivifie tous les êtres
qu'elle contient. Que le noyau de cet astre soit
à l'état de fusion ou qu'il n'y soit pas; qu'il soit
incandescent ou non; que la lumière qu'il nous
envoie ne mette que huit minutes pour franchir
seize millions de myriamètres, nous savons que
lorsque sa chaleur diminue, nous en ressentons
les effets : l'hiver avec son engourdissement nous
l'indique. La chaleur et la clarté du soleil ont
subi autrefois des atteintes, comme celle de 1637,
qui fut attribuée à la multiplication et à l'agran-
dissement de taches obscures que la science n'a
pas encore bien pu définir.

En raison de cette action bienfaisante et directe
du soleil sur notre planète, nous ne devons pas

être surpris qu'avant les *Thalès de Milet, Anaxi-*
mandre, Anaxagore, Pythagore, Aristarque,
Aristote, Platon, Ptolémée, Copernic, Tycho
Brahé, Descartes et *Newton,* il ait été considéré comme un Dieu.

Pour les Assyriens, *Bel,* le soleil, avait orga-
nisé le monde et la société, formé l'homme et les
animaux de son propre sang, réglé dans le ciel
le cours des astres. Il avait aussi fondé Babylone. Nabuchodonosor, qui agrandit cette ville,
orna à cette intention son temple avec une ma-
gnificence incomparable.

Mes quelques mots sur l'agriculture et sur la
façon de se procurer des engrais constituent des
opinions toutes personnelles que nul n'est obligé
de partager. Ces appréciations ont été dictées par
l'unique désir que j'aurais d'empêcher le cultivateur d'être dupe de certains fabricants ou négo-
ciants d'engrais ou intermédiaires plus ou moins
authentiques; son dos, sur lequel toutes les batailles agricoles, commerciales et industrielles se
font, ne sera jamais assez garanti.

Il se ruine en enrichissant les autres.

VI

Bureaucrate et ouvrier

Un soir, en rentrant du marché voisin où il se rendait périodiquement pour les affaires qu'exigeait sa modique exploitation agricole, pendant que j'effectuais les petits travaux les plus pressants, tels que soins aux animaux de la basse cour; un soir, dis-je, mon père rentra plus joyeux relativement aux fois précédentes; il avait trouvé à me caser dans un bureau.

Connaissant toute la délicatesse de ma santé, puisqu'il suppléait aux petits soins d'une mère absente en la remplaçant, il avait jugé utile de me chercher une occupation un peu moins pénible, sinon guère plus lucrative, au moins pour l'instant.

Le bon homme ne soupçonnant pas l'étendue des connaissances exigées et des influences poli-

tiques nécessaires, pour être admis définitivement dans un emploi officiel de l'État, me voyait
déjà investi du titre d'agent voyer cantonal. Il
ferait tous les sacrifices permis pour me maintenir le plus longtemps possible dans ce bureau.

Je m'y rendis donc, bien qu'à moitié satisfait,
sentant qu'il manquait à mon savoir les deux
choses dont j'avais le plus grand besoin, essen-
tielles : l'algèbre et la géométrie.

Pour juger de mes connaissances orthographi-
ques, l'agent voyer, qui avait bien voulu me
prendre comme deuxième renfort, me fit faire
une « dictée », copie qui lui permit de juger en
même temps de mon écriture, me posa deux ou
trois questions d'arithmétique et me parut satisfait.

Par ma ténacité au travail, mon application
continuelle, ma volonté d'atteindre une perfection passable, j'arrivai en peu de temps à faire
un profil, à dessiner un plan de route ou de pont
presque aussi bien que « le premier renfort », au
nom remarquable d'un des plus grands philoso-
phes grecs, qui était sur le point d'être titularisé.

Mes progrès furent assez raisonnables pour
permettre à mon chef de me faire allouer un sa-
laire journalier de 3 francs, pour qu'il me donnât quelques leçons d'algèbre et de géométrie,
m'engageant à persévérer; lui-même, disait-il,

était parvenu à sa situation à peu près de cette modeste façon.

Le poste était très chargé en raison des demandes nombreuses de chemins vicinaux par les municipalités. Nous avions beaucoup de projets à l'étude et en perspective.

Si j'eus l'occasion, durant le petit stage que je fis là, de contribuer pour la première fois à l'extinction d'un incendie, j'eus aussi occasion d'éprouver un jour le froid le plus vif que j'aie jamais ressenti : l'eau-de-vie gela à plusieurs reprises dans notre niveau et ce ne fût qu'à cause de cet incident que nous abandonnâmes la mire et la chaîne d'arpentage. Les larmes aux yeux je dus penser à ma mère absente et à mon père éloigné.

Mon incidente qualité de bureaucrate administratif officieux m'a permis d'observer de très près le mode de travail des fonctionnaires et de me faire à cette idée que leurs occupations sont en général tenables.

Les fonctionnaires peuvent résister à leur tâche, à leurs occupations, parce qu'elles ne sont pas limitées à un temps déterminé ou que le délai accordé est long. S'ils n'atteignent pas leur retraite, ils seraient mal venus d'invoquer le surcroît de travail, comme les salariés du com-

5

merce et de l'industrie, les employés de chemins
de fer par exemple.

Ils pourraient tout juste maugréer timidement
contre l'insuffisance de leur traitement ou le peu
de stabilité de leur situation.

Mais tous, ou presque tous, jouissent d'un repos
sensible, quelquefois même très considérable.
Parmi les gros appointés, sont-ce les préfets, les
trésoriers généraux, les présidents de tribunaux, etc., qui pourraient se plaindre d'un surcroît de travail ? Sont-ce les sous-préfets, les pro-
cureurs, les juges, les receveurs des finan-
ces, etc., etc. ? Sont-ce les juges de paix, les receveurs d'enregistrement, les percepteurs, les
agents des contributions indirectes, les conducteurs des ponts et chaussées, les agents-
voyers, etc., etc. ?

En prenant un genre de traitements plus
modestes, les instituteurs, exception faite des
congés que l'on sait, jusque voire les cantonniers
compris, ne profitent-ils pas du repos des dimanches et jours fériés ? Je ne critique pas ce repos ;
j'en reconnais, au contraire, le besoin, surtout
pour l'instituteur quand il a à cœur de bien faire
son devoir, comme mon premier maître d'école.
Comment est-il d'ailleurs admis, dans notre civilisation, qu'il y ait des travailleurs, quels qu'ils
soient, qui n'aient ni trève ni repos ; que pendant

de longues années et tous les jours, sans exception, quand ce n'est pas toute leur vie, ils soient astreints à douze, quatorze, seize et dix-huit heures de travail journalier ?

Au moment où je pouvais espérer à être provisoirement admis d'une façon quasi-officielle, en attendant mieux peut-être, un incident se produisit, incident qui eut pour moi toutes les formes d'un guignon complet : mon protecteur recevait son changement.

Il me promit de faire son possible pour m'appeler près de lui aussitôt sa nouvelle installation, s'en occupa vainement malgré les démarches que je fis auprès de l'agent voyer en chef du département qui m'engagea, comme consolation spéciale, à me préparer pour un examen relativement lointain, ignorant mon insuffisance de moyens, c'est-à-dire le besoin que j'avais de gagner de l'argent tout de suite.

Je quittai, bien à regret, ce petit bourg où, durant quelques mois, j'avais été si heureux.

Heureux dans la petite pension particulière où j'étais considéré comme membre de la famille, comme faisant partie intégrante de la maison. Heureux, dis-je, là où toutes les sympathies m'étaient acquises, où tout le monde m'accueillait d'un air affable et protecteur, indulgent, sans doute à cause de ma jeunesse. J'y laissai bien des amis et des amies.

Ne cherche pas, chère fille, à trouver dans ce dernier mot un sens autre que celui qu'il comporte. Je n'ai pas, d'un autre côté, la prétention de me poser en nature exceptionnelle, en vertu spéciale ; comme tous les jeunes gens j'ai connu les frivolités de l'amour. Je n'ai pas été insensible aux charmes de Vénus, aux tentations de Cupidon, si j'ose ainsi m'exprimer ; mais, en la circonstance, il s'agissait plutôt d'enfantillages interrompus par une brusque séparation qui nous imprégnait au cœur une sincère amertume. De tels souvenirs, quoique de jeunesse, ne s'oublient guère.

A mon retour au foyer paternel, j'eus de mon père des paroles d'encouragement qui constituaient pour moi un superflu de la tendresse profonde qu'il me porta toujours. « Les prémices de ta vie de vrai travail sont d'un aspect assez décourageant, disait-il ; ayons foi quand même dans un avenir plus clément : nous avons encore du pain. » Quelques méchants voisins se gaussèrent du contre-temps fâcheux qui m'arrivait. La nature humaine est ainsi faite : on se réjouit, en quelque sorte, par un esprit de jalousie ou de tout autre sentiment difficile à bien définir, des déboires de son voisin, malgré le fond de bonté dont nous sommes tous imprégnés et qui domine tous nos autres sentiments, dès que nous sommes en présence d'une affliction trop vive, trop cruelle.

Jusqu'à ce que la pitié ait remplacé la colère ou la jalousie, il nous semble, à tort, bien entendu, qu'en nombreuse compagnie il y a soulagement à notre peine.

Sans prétention de vouloir faire un parallèle entre l'intellect de mon père et celui du père de M. Carnot, ex-président de la République française, qui, par prévoyance et selon la doctrine saint-simonienne, nous a-t-on dit, fit apprendre la profession de menuisier à son fils ; sans avoir la prétention, dis-je, de faire semblable comparaison entre deux hommes placés aux deux extrémités de l'échelle sociale — bien que l'importance de l'entendement ne soit pas toujours proportionnée au degré de l'instruction et de la situation que l'on occupe — mon père me conseilla d'apprendre un métier manuel quelconque ; une place quelle qu'elle fût, disait-il, si jamais je réussissais à en avoir une, puisque telle était mon intention maintenant, étant toujours entourée d'aléas, n'offrant pas, pour mieux dire, toute la stabilité, toute la sécurité désirables.

Est-il étonnant qu'un déshérité de la fortune, ne pouvant prétendre à aucune profession libérale, à aucun haut emploi, à aucun haut grade, tout en cherchant à se confiner dans une modeste situation administrative, s'entoure des mêmes précautions que d'autres parmi lesquels on nous y a représenté un empereur? Qui ne sait, en effet, le déguisement du tzar Pierre le Grand en *charpentier de Saardam?* Je le compris si bien que je n'hésitai pas à suivre le conseil donné.

Je devins même en quelques années *premier*, rôle approchant des fonctions de contremaître, dans un atelier de quelques ouvriers.

Au sens propre du mot, celui qui vit de son travail, non de ses rentes, est OUVRIER; depuis le cultivateur, *ouvrier manuel*, jusqu'à l'homme d'État ou l'homme de science, *ouvrier intellectuel*, le plus élevé dans les diverses hiérarchies de chacun des États du globe. Mais plus communément on entend par *ouvrier* l'artisan, celui qui s'est attaché à un travail spécial qu'il a appris, comme le maréchal qui travaille le fer ; le menuisier, le charpentier qui travaillent le bois ; le maçon qui nous construit nos maisons.

Avant l'apparition subite d'une multitude d'inventions, avant la propagation à outrance de ce machinisme qui, entre les mains du capital, est devenu un moyen d'oppression moderne pour l'ouvrier, celui-ci jouissait d'une indépendance spéciale, ainsi que l'indiquent les chartes qu'il arracha à plusieurs époques aux gouvernements successifs de notre pays. Et malgré l'esclavage nouveau créé par ledit « machinisme », l'esprit de liberté subsiste en lui plus vivace encore que jamais.

Ne s'occupe-t-il pas continuellement de sa situation présente et de celle à venir ? Toujours il suppute ses intérêts, les discute, emploie enfin *l'arme extrême* dans le but d'améliorer sa condition. Et sans les bas flagorneurs, les plats valets et les traîtres à sa cause, qui est la leur d'ailleurs, il compterait bien des victoires qu'il n'a pas à son actif, en dépit aussi d'une confusion d'idées de lutte due à un défaut de fermeté commune.

En politique, il rompt le premier le charme du charlatan sur le badaud, grâce à sa clairvoyance. Malheureusement, sur ce point comme en tant d'autres : après Charybde c'est Scylla ?

Lorsque nous nous extasions en la contemplation d'un de ces monuments grandioses comme le musée du Louvre, par exemple, n'associons-nous pas en notre pensive admiration les cerveaux qui ont eu de pareilles conceptions et les bras qui en ont fait l'exécution ?

Si j'ai une préférence, je la reporte immédiatement sur ces derniers, parce qu'il est toujours facile à la pensée de planer en de vastes horizons aux limites plus ou moins accessibles, qu'à la main d'en faire des réalités.

Les jardins suspendus de Babylone, le colosse de Rhodes ou le temple de Diane d'Ephèse, compris dans les sept merveilles du monde, n'étaient pas plus difficiles à concevoir que le bateau sous-marin de Jules Verne.

Toute difficulté sérieuse consiste dans l'exécution.

Qu'importe que la cathédrale de Cologne, l'église Saint-Pierre de Rome ou le palais de l'Escurial près Madrid soient de styles byzantin, gothique ou renaissance ? Le tout n'était-il pas de les édifier ? Et nous savons que de la coupe aux lèvres il y a loin.

Aussi quel n'est pas notre étonnement sur la disproportion de traitement qui existe entre l'homme de conception et celui d'exécution ! Oh ! je sais bien qu'il est facile d'objecter que l'ingénieur et l'architecte ne se bornent pas à *rêver* un chef-d'œuvre puisqu'ils en surveillent l'exécution après en avoir fixé le plan ? Je répondrai qu'il est plus facile de tracer sur le papier toutes sortes d'ornements que de les graver sur la pierre, le bois ou le métal ?

Quant à prétendre que ce sont là *travaux d'artistes*, je dirai que c'est en forgeant qu'on devient forgeron, qu'en règle générale avant d'être *artiste*, il faut être *ouvrier*. D'autre part le savant. ne prévoit quelquefois point toutes les difficultés des œuvres qu'il fait exécuter, comme la solidité, — exemple la catastrophe de Bouzey ; — il est suppléé fort souvent par l'ingéniosité de l'ouvrier qui évite parfois de regrettables accidents.

D'ailleurs, les œuvres des Crampton, des Giffard et des Belpaire, n'ont-elles pas toujours été précédées de celles des Georges Stephenson (1) ?

Ce qui frappe donc mon attention et constitue pour moi un étonnement, c'est cet acharnement du capital d'avoir à son service des *diplômés* dont les émoluments le ruinent, mécontentant en même temps les autres travailleurs auxquels ils rognent la plus grande partie de leur salaire quand ils ne les privent pas complètement de leur travail, car les capacités réelles de beaucoup de ces « savants modernes » consistent surtout en l'habileté de *palper*. Il y a « diplômés » et « diplômés », comme il y a « fagots » et « fagots ».

Loin d'être ennemi de l'instruction, je la considère au contraire comme indispensable, je l'ai déjà dit ; mais pourquoi ne pas la récompenser proportionnellement avec l'intelligence, le zèle et le

_____

(1) Il est à remarquer que Georges ne devint ingénieur qu'à force de persévérance, mais que ses premières inventions datent de l'époque où il était encore ouvrier mineur.

dévouement, selon son étendue et selon son mérite?

Le droit de vie, dans le sens large du mot, n'existe-t-il que pour l'homme au *diplôme*, l'homme du monopole, qui n'est pas toujours l'homme de valeur ?

Ce serait inutilement, sans doute, si j'ajoutais que ma considération est égale pour l'ouvrier qui change le bloc de pierre ou de marbre en statue ou en bouquet de fleurs et celui qui, d'un coupon de cuir, fera une chaussure, ou d'un coupon de drap, un vêtement.

Mais cette catégorie de travailleurs, comme l'homme des champs, attend-elle du bon vouloir de l'homme politique l'amélioration de sa situation sociale ? Ce que le cultivateur ne songe pas à faire, l'ouvrier le peut, aussi bien celui de la campagne que celui de la ville.

Créer des comités ou groupes nouveaux, par commune ou par canton, dans lesquels l'élément pauvre, travailleur, aurait seul l'accessibilité de direction, en vue de choisir pour toutes les fonctions électives des candidats qui consentiraient à suivre fidèlement, à la lettre, un programme élaboré au préalable et en commun. Ce moyen, qui semble à première vue différer de celui que j'ai indiqué par pétitionnement, ne fait, au contraire, que le compléter en indiquant un point de départ très pratique.

Ces comités ou groupes qui pourraient être fédérés à d'autres, aux chefs-lieux d'arrondissements et aux chefs-lieux de départements, seraient en même temps des sortes de cercles littéraires, au sein desquels des membres dévoués seraient choisis pour enseigner une morale civique, devenue nécessairement impérieuse depuis l'affaiblissement, pour ne pas dire l'annihilation, de la morale religieuse.

Car, il faut que tout le monde comprenne que, sans l'esprit de droiture et d'honneur qui doit servir de guide à chacun de ses membres, sans l'amour de la Patrie, la civilisation d'une nation n'est qu'un vain mot. Il y a lieu de chasser, d'amoindrir tout au moins cette soif de l'or qui hante tous les cerveaux, cet orgueil effréné qui pousse aux mœurs les plus dissolues dès la jeunesse, qui engendre les crimes.

Quel honteux spectacle offre la France, sans remonter bien au delà de la démission d'un président de la République, feu M. Jules Grévy ; depuis les scandales des décorations dans lesquels sombre l'honneur d'officiers supérieurs jusqu'à l'affaire Dreyfus, pour laquelle se suicide un lieutenant-colonel, en passant par l'affaire du Panama ! Ces faits, on peut le dire, avec la « déconfiture » de quelques banques et de quelques officiers ministériels, sans parler des conventions des chemins de fer pour lesquelles, lors du procès Raynal-Numa Gilly, le secrétaire de la Compagnie d'Orléans déclara avoir distribué des centaines de mille francs à quelques membres de la presse ; ces faits, dis-je, ont été, sinon la cause déterminante, le propulseur du moins, de la démoralisation générale de notre pays. Et quels dessous n'est-on pas tenté de soupçonner avoir été écartés de la divulgation dans toutes ces louches affaires ? Et combien en est-il d'autres identiques que nous ignorons ! Pour pouvoir, en le pressurant, démêler toutes malpropretés semblables à l'insu du prolétaire, le capitaliste a tenté d'encourager l'alcoolisme, et, en fait, cela allait assez à son gré, lorsque des clairvoyants sont sortis des rangs pour crier à leurs camarades : Casse-cou !

Il est temps pour l'ouvrier de réagir contre d'aussi intéressés conseils pour ne pas dire plus. Il doit comprendre que l'alcool est son plus grand ennemi, le plus exécrable dissolvant de son honnêteté et de sa liberté.

Je ne saurais trop l'engager à employer de préférence le peu de repos qu'il a à la lecture. Choisir des œuvres saines et viriles, utiles ; non pas des insanités comme celles contenues dans certains romans soi-disant « naturalistes » qui ne peuvent qu'agrandir nos *plaies sociales*.

Je préfère *Les Misérables*, *Salvator* ou *Les*

Mousquetaires, à *Nana* ou *La Bête humaine*, par exemple.

Malheureusement, les bons écrits d'Hugo, de Dumas, pas plus que ceux des Lamennais ou des Godin, voire d'autres écrivains de même genre, n'encombrent pas la rue, ne sont pas à la portée de toutes les bourses; on peut se les procurer cependant avec du bon vouloir.

A défaut de moralisateurs volontaires, les comités en désigneraient d'office. Un ami m'a souvent répété que son rêve favori était de voir le médecin moralisateur. Médecin ou autre, il est certain que la foi religieuse ne se relèvera pas des atteintes qu'elle a reçues ; cependant, je le répète, la bonne éducation et la bonne morale sont indispensables à l'enfance, pour la conservation de l'esprit de société et le respect de son organisation, même et surtout avec l'idéal de perfectibilité.

Le matérialisme se révélant subitement a, dans son essor prodigieux, repoussé bien loin les vieux échos de Palestine et de Judée, et si beaucoup croient encore en un Être suprême, peu acceptent l'immortalité de Jésus. On ne peut nier, assurément, le sublime élan de générosité dont il fut animé en opposant la morale, la liberté, la fraternité, à la corruption du monde païen, à la servitude que les riches et les puissants d'alors faisaient peser sur les pauvres et les petits. Mais son martyre a pu absorber l'humanité tout entière pendant des siècles; il ne sera bientôt plus admis que comme précieux souvenir historique, comme le passage de Mahomet, de Luther et de Calvin sur la terre.

L'œuvre du christianisme, d'émancipatrice des peuples qu'elle fut tout d'abord, lorsqu'elle s'inspirait des idées du Christ, ne tarda pas à dégénérer en puissance oppressive, et c'est sous cette dernière forme qu'on la trouve lors de la Révolution française en l'un des deux Ordres qui poussent Louis XVI vers l'échafaud. Le clergé résiste en effet à toutes les supplications pendant cette période troublée, et il parvient vite à se ressaisir ensuite de l'atteinte portée à son prestige et à son autorité par des actes que Gambetta est contraint de dénoncer bien plus tard à l'attention du Parlement, dans un émouvant mouvement oratoire, en s'écriant : *Le cléricalisme, voilà l'ennemi.* La nécessité de combattre ses menées dominatrices m'oblige à croire que l'idée du grand tribun était juste. Le matérialisme le fait.

Est-ce à dire qu'en se dégageant de l'autorité de cette secte, on doive aller se réfugier sous la domination d'une autre pas meilleure? Gardons-nous en bien !

Sous quelle forme, à quelle religion, à quelle race qu'elle appartienne, la classe possédante est l'ennemie née de la classe pauvre et ne se résigne à abandonner son système féroce d'oppression que lorsque les convulsions d'une souffrance excessive de sa victime l'y contraignent, par une révolte désespérée, quitte à recommencer sous des formes nouvelles et avec une nouvelle ardeur peu de temps après.

VII

Sentiments personnels sur les Conventions
de 1883.

Pendant les quelques années de ma vie arti-
sane à la campagne, j'eus toujours à la pensée le
même objectif, c'est-à-dire le désir de devenir
un tout petit agent d'administration quelconque.
Mon ambition n'a guère jamais dépassé l'étendue
de mes facultés. Je me rappelle avoir écrit, à cet
effet, à un homme politique très influent, auquel
je racontais avoir fait de la propagande active
pour son élection, propagande gratuite pour
laquelle il m'avait adressé des remerciements.

Le député dont il s'agit me fit cette réponse,
une des plus sincères peut-être du genre de celles
qui constituent le charlatanisme politique :

CHAMBRE
des
DÉPUTÉS
—

Paris, le 17 février 1879.

Monsieur,

Votre âge me paraît un obstacle insurmontable à vous faire obtenir un emploi quelconque.

Cependant, il est peut être possible de vous faire faire un stage dans quelque administration.

Lorsque je serai rentré en... vous viendrez me voir, et, après m'être entretenu avec vous, je pourrai examiner ce que conseille votre position.

Recevez l'assurance de mes sentiments, etc.

J'eus le tort de ne pas aller le voir.

Par timidité, je n'osai pas me présenter à lui. Il me sembla aussi que les paroles d'encouragement contenues dans sa lettre n'étaient qu'un acte de politesse pure. Ma résolution d'être « employé » ne faiblissait pas quand même. Je pressentais cette inconcevable concurrence générale qui s'est produite tout à coup dans toutes les branches de l'industrie et du commerce, sans me soucier si d'autres pensaient comme moi et si le malaise qui allait sévir n'atteindrait pas au même degré les administrations, peut-être encore plus âprement, en raison de la surabondance de candidats.

Le bon côté de la jeunesse est d'avoir, malgré tout, l'illusion de l'espérance. A mesure qu'ac-

croissaient mes intentions d'être définitivement
employé, de bureau notamment, je sentais le besoin de compléter mon instruction. Pour ce faire
je rentrai dans une pension pendant quelques
mois. Mais les vingt ans étaient venus. Pauvre, je
sentais le besoin de venir en aide à mon père que
la vieillesse atteignait. Cette impatience à vouloir « marcher plus vite que le violon », dirait un
plaisant, m'attira huit jours de *séquestre* (1) de
la part du directeur.

Dans un examen pour les postes et télégraphes
j'avais eu un classement moyen, inutile d'ailleurs, car j'apprenais que j'aurais tort de persis-
ter à postuler pour cette administration, les premiers temps de stage n'étant pas rétribués. Alors
je fis mon possible de devenir un agent de chemin de fer et j'y réussis.

« Nos existences, a dit un savant, je ne sais
« plus lequel, sont guidées souvent par un grain
« de sable et il n'est pas un être humain qui, en
« analysant les causes des événements qui ont
« eu le plus d'influence sur sa destinée, ne re-
« connaisse combien ils étaient infimes et ne soit
« troublé en se remémorant les proportions co-
« lossales qu'ils ont puisées, par la suite, dans

1. Punition qui consiste à être enfermé dans une
chambre sans recréation aucune.

« la gravité même de leurs conséquences. »

Mon admission ne nécessita pas de bien grandes ni bien longues formalités.

Je m'étais adressé à la direction de la compagnie d'Orléans, à Paris, lorsque j'appris que depuis quelque temps le chef de l'une des gares ordinaires de cette compagnie, dans laquelle mon beau-frère venait d'être commissionné, avait résolu de remercier un des hommes d'équipe sous ses ordres, alcoolique invétéré, et de demander son remplacement. Mon beau-frère, qui en avait été informé, lui avait parlé de moi. Un simple sentiment d'humanité que j'approuve fut cause d'un retard de quelques jours.

Je vins voir moi-même mon futur et très prochain chef et il fut entendu que, dès que mon prédécesseur aurait trouvé un autre emploi, je serais appelé à son remplacement.

A ce moment là les chefs de gare avaient une très grande autorité, leurs supérieurs leur accordant une latitude considérable dans l'exercice de leurs fonctions.

Comme si le sort avait semblé vouloir me favoriser enfin une fois, la chose ne se fit pas attendre.

Je ne pourrais dire la joie que j'éprouvai à la pensée d'annoncer à mon vieux père cette bonne nouvelle. Ma fierté se bornant à l'intention de pouvoir secourir les miens pourrait être un jour satisfaite. Je n'ai jamais changé. Pas ambitieux, les distinctions éphémères des compliments et des rubans me laissent absolument froid. Je n'ai jamais envisagé et ne désire point autre chose que la faculté d'être utile aux miens, et, à défaut de ceux-ci, ceux que je connaîtrais dans le besoin et méritoires. Malheureusement mes idées généreuses ont été, sont forcément limitées par mes trop faibles moyens.

J'entrai donc au service de l'exploitation.

Nous savons que l'industrie des chemins de fer se divise, en effet, en trois grands services distincts :

1º *Le service de la voie* ;

2º *Le service de la traction* ;

3º *Le service de l'exploitation.*

Dans ce dernier est compris le service des gares.

Chacun des divers services : voie, traction, exploitation, a à sa tête un ingénieur en chef. Les ingénieurs en chefs sont sous les ordres du directeur. Ce dernier est nommé, dans les compagnies, par le conseil d'administration, et pour le réseau de l'Etat, par le ministre des Travaux publics.

Le plus important de ces trois services, au point de vue numérique du personnel, est, sans contredit, celui de l'exploitation, ce qui explique une certaine préférence en faveur du chef de ce service pour le grade de directeur.

Comme tant d'autres auxiliaires, ma solde de début fut fixée à 2 fr. 50 par jour. Au bout de six mois elle fut portée à 2 fr. 75 et six mois plus tard à 3 fr.

Après dix-huit mois de service, j'étais commissionné à un emploi comptable au traitement annuel de mille deux-cents francs Débuts des plus humbles, chaque légère amélioration n'ayant été obtenue qu'à force de zèle et de dévouement dans le service et non, comme beaucoup, par de spéciales faveurs. Mais je ne m'appesantis pas sur cette question que j'aurai occasion de reprendre. Pendant mes débuts eurent lieu les conventions dont il a été tant parlé et qui occasionnèrent le procès Raynal-Numa Gilly, à la suite de la publication de *Mes Dossiers*, de ce dernier. Ces conventions qui semblaient n'être, à première vue, qu'un échange pur et simple de lignes en exploitation et en construction, qui donnaient au réseau d'État une sorte de compacité en réunissant ses lignes dispersées parmi les autres réseaux, étaient en réalité avantageuses aux Compagnies seules, car elles ôtaient au réseau d'État le moyen de les concurrencer, en poursuivant d'une façon efficace la diminution des tarifs, par cela même de hâter leur disparition en les amenant à composition ; puisqu'au contraire leur durée fixée jusqu'à l'année 1950 se trouvait ainsi prorogée, peut-être indéfiniment, elles étaient doublement onéreuses à l'État par cet empêchement de concurrence, je le répète, et par l'obligation prise de garantir aux actionnaires un certain taux d'intérêt pour une date très éloignée. Elles furent onéreuses au commerce par cette obligation qu'elles lui faisaient de payer des prix minimums, même en empruntant l'itinéraire légal, c'est-à-dire le plus court.

Il est en effet stipulé pour Paris « que dans le « cas où la taxe la plus réduite entre Paris et le « point de destination ou de provenance de trans- « port, s'obtiendrait suivant un itinéraire autre « que l'itinéraire légal, le transport n'en serait « pas moins dirigé par l'itinéraire légal, mais la « taxe la plus réduite par une autre voie serait « reportée d'office sur l'itinéraire légal et appli- « quée à cet itinéraire sous les conditions des « tarifs qui ont servi à l'établir, *sans que d'ail-* « *leurs le prix à percevoir pour le parcours* « *total puisse jamais être inférieur au prix* « *fixé par les tarifs de la Compagnie de l'Ouest* « *ou de la Compagnie d'Orléans pour le par-* « *cours entre Vaugirard et Chartres d'une part,* « *et le point de transit situé sur l'itinéraire* « *légal lorsque cet itinéraire s'établit par voie*

« *mixte.* » (1) N'était-ce pas là limiter la concurrence au détriment du commerce ? Étant donné que cette mesure se généralisait pour toutes directions, et en admettant l'État tête de ligne un jour à Paris, *tout abaissement de tarifs avantageant quelques-uns serait préjudiciable à tous, à cause de cette garantie d'intérêts,* CLEF DES CONVENTIONS.

L'auteur de *Mes Dossiers* voulut faire allusion sans doute à ces considérations, et ses expressions durent dépasser sa pensée.

Chacun dans cette affaire, ministres d'une part et Compagnies de l'autre, crut avoir dupé son adversaire peut-être ; l'aveu du secrétaire de la Compagnie d'Orléans de la distribution faite par lui, en la circonstance, de subsides importants à certains publicistes, au nom des Compagnies, nous laisse croire que les ministres de la République furent les « mystifiés » s'ils ne furent pas coupables. Je ne parle pas des agents qui furent naturellement vendus comme une simple grue fixe. La traite des blancs a été interdite par l'abolition de l'esclavage ; cela ne veut pas dire qu'on ne puisse faire sur les côtes de Bretagne, par

---

1. Art. 16 des conventions entre l'État et les Compagnies d'Orléans et de l'Ouest, app. par les lois du 20 novembre 1883.

exemple, sous une certaine forme, ce qui ne doit plus se faire sur celles de Guinée. Je sais bien que, pour la forme, les agents furent consultés, furent invités à formuler leur option à laquelle d'ailleurs on ne se rapporta guère. Des auxiliaires furent remerciés, lesquels ne purent être tous réintégrés, et ceux qui le furent attendirent-ils un assez long temps. Les conventions, avouons-le, ne leur étaient pas avantageuses.

Le fait est rigoureusement exact ; quatre de mes collègues, dont les noms sont sur mes lèvres, se trouvèrent dans ce cas, trois seulement ne furent réintégrés que quelques mois plus tard. Je ne fus moi-même épargné que grâce à un peu plus d'ancienneté.

En avançant que mes médiocres augmentations avaient été laborieuses, je n'ai pas voulu dire que j'avais dédaigné aide et protection, mais mes tentatives sur ce point ont presque toujours été nulles, exemple la réponse ci-dessous :

Monsieur le député,

Vous avez bien voulu me recommander M..... auxiliaire à la gare de ..... qui désirerait être commissionné en qualité d'employé de bureau à la même gare.

J'ai l'honneur de vous informer que le chef de l'exploitation à qui j'avais transmis cette demande, en le priant de l'examiner avec un bienveillant inté-

rêt, vient de me faire connaître qu'il n'existe actuellement, dans les cadres du personnel commissionné
de cette gare, aucun emploi vacant.

Je fais néanmoins prendre bonne note de votre
haute recommandation avec le vif désir d'en tenir le
plus grand compte, aussitôt que les circonstances le
permettront.

Veuillez agréer, monsieur le député, l'assurance
de ma haute considération.

LE DIRECTEUR.

A quelque chose malheur est bon, dit-on. Je
ne sais si l'échec que je subissais et qui n'était
pas un malheur mais un fâcheux contre-temps
pour moi, provenait du peu d'influence de mon
protecteur momentané, ou d'une indifférence
possible de sa part, mais il est certain que
quinze jours plus tard, sur la simple proposition
de mon chef de gare, j'étais commissionné à un
emploi plus élevé que celui que j'avais fait solliciter. Je n'avais rien perdu pour attendre, il
n'en est pas toujours ainsi, malheureusement. Je
m'empresse d'ajouter qu'il n'est guère dans mes
goûts de quémander des faveurs, mais il est
de ces faveurs que de pénibles circonstances imposent l'obligation de solliciter.

VIII

Du « Gommeux »

Je ne sais certes pas quelles furent les réflexions du célèbre écrivain Léon Cladel, du député Antide Boyer et de bien d'autres, sur le
service du chemin de fer, pendant le court sé-
jour qu'ils y firent.

Il peut en être fait de diverses façons.

Au point de vue utilitaire, cette industrie est
une œuvre admirable. Elle est aujourd'hui indispensable. La mobilisation des armées et des
munitions nécessaires, à un point quelconque
des frontières d'une nation, ne pourrait se faire
à son défaut, sans courir les risques d'une irréparable défaite. Elle facilite les relations commerciales et toutes autres par son accélération
mathématique ; quoi qu'on en dise, on ne saurait

regretter les « diligences » et les « guimbardes »
de 1810 !

Au point de vue social, les chemins de fer sont
un débouché considérable par la quantité très
importante des travailleurs qu'ils occupent. C'est
pourquoi il s'y trouve, en outre des cultivateurs
dont j'ai parlé, des hommes ayant appris des
métiers différents. Ce monde hétérogène n'est
pas si à dédaigner qu'on pourrait croire.

Il en est, également, qui n'ont pas acquis la
connaissance d'un travail spécial avant leur entrée au chemin de fer : les uns ont fait de sérieuses études et ont un sûr savoir; les autres ont
échoué dans toutes leurs tentatives parce que,
d'une intelligence très médiocre ou d'une paresse excessive, ces derniers sont la plaie de
cette grande industrie. C'est la raison pour laquelle leurs collègues les désignent par ces appellations dédaigneuses de *fruits secs* ou de *fils
à papa*.

Généralement, ce sont en effet ceux-ci les plus
favorisés pour l'avancement, étant données leurs
protections spéciales. Presque tous ont une
marque distinctive désignée par leurs collègues
sous cette dénomination à la mode du jour de
gommeux.

Le *gommeux* est toujours pommadé soigneusement, porte faux-col et faux poignets, vête-

ments assez propres — ses moyens ne lui permettant pas de les avoir à la dernière mode — souliers pointus à talons larges ; tente de faire fine jambe, beau mollet, en se parant d'un lorgnon dont il n'a nul besoin.

C'est son côté comique.

Voyons le côté sérieux. Lorsqu'il débute et pendant qu'il a besoin d'être initié, aidé dans son travail par un collègue complaisant, il utilise ses habituelles flatteries, non sans un certain petit dépit concentré de se voir contraint de s'abaisser à ce moyen auprès d'un collègue qu'au fond il méprise. Aussi, dès qu'il est investi d'un grade quelconque, fait-il sentir rudement l'autorité que ce grade lui octroie. Et plus il est hautain, arrogant vis-à-vis de ses inférieurs, plus il est souple, plus il est mielleux, flagorneur et plat auprès de ses supérieurs.

Lorsque ceux-ci, dans un moment d'emportement, de mauvaise humeur, se montreront un peu sévères pour l'agent inférieur — son collègue ou son subordonné — il s'abstiendra toujours de faire son possible pour les ramener à des sentiments meilleurs, par un logique et sage raisonnement, il n'en est pas capable : trop heureux d'ailleurs d'assouvir la rage de son esprit obtus sur des hommes qu'il a intimement haïs.

Si la majeure partie du personnel élève timidement des protestations sur certaines injustices, il s'évertue à combattre ces protestations; au besoin, il dénoncera les plus persévérants, les plus résistants dans leur esprit de combativité ultra-légale.

Le système de Dom Basile du *Barbier de Séville* est toujours de circonstance et les principes de Loyola font arriver plus sûrement que le travail intelligent, le zèle, le dévouement; ce qui indique pourquoi le premier moyen est employé de préférence par ceux absolument incapables d'avoir recours au second.

Je l'explique :

Si, ardent travailleur, serviteur dévoué, je me permets de protester contre une iniquité qui blesse mon amour-propre, c'est parce que je sais que, s'il m'en est tenu une certaine rigueur, cette rigueur sera limitée forcément par mon attitude, ma quasi-inexpugnabilité de travailleur, si j'ose ainsi dire.

Si, au contraire, je me reconnais incapable d'aucune autre espèce de travail, je ne tenterai pas la moindre réflexion, la moindre protestation.

Les *fruits secs*, les *fils à papa* et quelques autres nullités de même genre, étant investis, dans un espace de temps très court, des meilleurs grades, on ne doit pas s'étonner de rencontrer parmi les commerçants, les fonctionnaires des

autres administrations et généralement toutes
personnes quelconques, intelligentes et instruites,
une si piètre idée du niveau moral des travailleurs des chemins de fer, puisqu'on est naturellement obligé de supposer qu'au mérite a été
donnée la récompense et que, dans les chemins
de fer, comme dans les autres industries et le commerce, ce sont les plus intelligents, sinon les
plus instruits, qui sont investis des titres du
commandement.

Erreur très grande pourtant ! Le contraire a lieu
le plus souvent, ainsi que nous venons de le dire.

Les administrateurs, les grands actionnaires
des Compagnies de chemins de fer, nourrissent
peut-être bien, au fond de leur pensée, quelque
mépris pour ces professionnels d'un genre d'esprit souligné par La Fontaine, dans l'une de ses
fables ; ils savent très bien que tout flatteur vit
aux dépens de celui qui l'écoute, mais comme
leur but est de faire fructifier à l'excès leurs ca-
pitaux, et non pas, comme on a tenté souvent de
nous le faire entendre, de rechercher le bien-être
public, ils accordent toutes leurs bonnes grâces
apparentes à ces plats valets. La vie n'est-elle
pas ainsi une continuelle duperie ?

IX

Le bout de l'oreille

Je fus très heureux d'entrer au service du chemin de fer, je le confirme.

Je réalisais ainsi le rêve de toute ma jeunesse, consistant d'avoir un travail assuré d'une façon permanente. Je pourrais en même temps concourir à une retraite, me mettant à l'abri du besoin dans la vieillesse, si je l'atteignais.

Mais, parce qu'il nous plaît d'être au service d'un maître, de préférence à d'autres, est-ce une raison pour nous soumettre à tous ses caprices ; pour supporter, sans murmurer, toutes les vilenies qu'il lui plaira de nous faire supporter ? Je ne le crois pas. Aussi suis-je un de ceux qui protestent sans cesse contre tout ce qui paraît injuste. Toute espèce d'oppression m'irrite, m'indigne. J'ai pitié de tous les malheureux malgré

7

eux. J'abhorre ceux qui les y rendent de gaîté de cœur. Elevé dans un esprit de droiture, je ne saurai me départir de cette règle de conduite. Si je suis incivil, c'est par mégarde, je m'attache si peu aux convenances superficielles ! Je n'ai jamais été cruel. Étant enfant, les souffrances que je voyais infliger aux insectes, aux animaux, par mes petits camarades, m'offensaient, me donnaient envie de pleurer. Je n'osais le faire devant eux ; ils m'auraient ridiculisé. Je n'ai jamais changé. Quoique très nerveux, je suis d'un caractère plutôt timide. Poli, je contrarie rarement mes interlocuteurs. D'ailleurs, ma parole traduit difficilement ma pensée qui, si je réussissais à la développer d'une façon précise, serait, au point de vue philosophique, incomprise par bien des gens. Je le craindrais du moins. Je déteste l'hypocrisie et la combats vivement en bien des circonstances. En cela, je fais quelquefois sentir durement ma pensée.

Ma physionomie, empreinte d'une sorte de mélancolie due à l'éternel souci de l'avenir, à la perte de tous ceux que j'ai affectionnés dans mon jeune âge et à une santé très délicate, trompe bien des personnes sur la nature de mes sentiments. Mon semblant d'indifférence est de la lassitude. Au fond, j'admire, j'aime la gaieté. Comme d'Alembert, je déteste le ridicule et les

sottes prétentions; les banalités ordinaires de la
société me plaisent parce qu'elles me distraient.
Doux et bon, quoique vif et emporté, je suis heureux lorsque je puis rendre service à mon semblable. Je n'en ai guère été récompensé jusque-là.

Dans les entretiens divers que j'ai eu occasion
d'entendre quelquefois, mon attention a été frappée
par les réflexions suivantes : « De quoi se plain-
« gnent donc les employés de chemins de fer?
« Ils sont payés à dates fixes et le travail ne leur
« fait point défaut. Ils concourent à une retraite;
« que leur faut-il de plus? Qu'ils comparent un
« peu leur situation à celle des domestiques de
« culture! »

Je me rappelle avoir, dans une réunion, relevé
durement un sénateur qui tenait un identique
langage.

Je ne dis pas qu'un tel raisonnement soit
exempt de toute logique. Il a surtout l'avantage
de nous rappeler la *modernisation* de l'esclavage
dans la classe la plus humble, *les salariés de
culture*, ce que nous savions assez.

D'autre part, comparer un service public, un
service exigeant une responsabilité, à la condition
de domestique, de garçon de ferme, est-ce bien
rationnel?

Oh ! nous savons notre servilisme !

Collectivité servile de la collectivité :

Dans un service aussi complexe que celui-ci, aussi rigoureux, aussi mathématique, exigeant une telle exactitude, une semblable discipline, ne faut-il pas cependant des hommes ayant acquis certaines connaissances, ayant un certain savoir, des hommes d'initiative enfin ?

Nous savons que si.

Pour faire de ce monde hétérogène une organisation absolument homogène ; pour faire, en d'autres termes, de cultivateurs, de maçons, de charrons, de menuisiers, de peintres, de sculpteurs, d'étudiants, d'ingénieurs, etc., etc., des employés de chemins de fer accomplis, il faut un apprentissage qui demande encore quelques années. Et si ceux-ci n'y soupçonnaient de petits avantages qu'ils ne supposent pas comparables ailleurs, y viendraient ils faire abnégation de leur liberté ? Exception faite en ce qui concerne celle des hauts gradés et celle des ingénieurs qui n'est pas très restreinte ! Et si, m'emparant de l'argument de mon sénateur, je lui disais à mon tour, si d'autres lui demandaient avec moi, pourquoi il en est tant, lui compris, qui touchent des émoluments considérables pour ne rien faire en réalité d'utile, d'indispensable à la société, alors que les domestiques de ferme sont si peu rétribués, que dirait-il ? Que diraient tous ceux qui pensent comme lui ? Car, enfin, le sénateur, le député, le préfet et tous les fonctionnaires, sont les domestiques du contribuable, comme l'employé de chemin de fer de l'actionnaire. La vérité est que certaines aptitudes méritent des rétributions y afférentes, comme il est également exact qu'il est des répartitions trop disproportionnées, trop inégales et illégales.

L'éternelle devise politique : *diviser pour régner*, est savamment mise en pratique au chemin de fer. C'est contre des illégalités démesurées que des protestations se sont élevées. De timides et individuelles qu'elles étaient tout d'abord, elles se sont faites collectives, plus impératives après le vote de la loi de 1884 sur les syndicats professionnels. Cependant cette loi, appelée à être violée continuellement, est nulle et de nul effet. Elle n'est ni nette ni précise. Elle prête trop au doute. Elle semble avoir été faite au profit de la classe ouvrière ; en réalité elle lui est nuisible, parce qu'elle n'a aucune sanction contre le capital qui peut la violer impunément quand il lui plaît. Elle est nuisible en ce sens que, remplissant le rôle de délateur, elle sert à désigner aux patrons les plus clairvoyants de leurs serviteurs, les plus tenaces à poursuivre l'amélioration de leur situation ; elle leur indique où ils doivent frapper pour semer la déroute dans les rangs des travailleurs.

Oh ! ils ont bien soin, les industriels dont un

sec égoïsme incarne toute l'intelligence qu'ils ont, de prendre certaines précautions apparentes pour chasser les plus clairvoyants de leurs serviteurs ! En agissant sans brusquerie, leur action scélérate passera sûrement inaperçue de tous, excepté de ceux qu'elle frappera. C'est ce qu'ils veulent.

N'auront-ils pas soin au préalable de les calomnier en les vilipendant, en leur faisant attribuer par une presse vénale toutes sortes de méfaits imaginaires ? Il faut tuer moralement les *meneurs !* Quand il n'y en a pas de *meneurs,* on en crée !

Comment le bon sens peut-il être ainsi dénaturé sans qu'on s'en aperçoive ?

Cette loi est donc profitable au capital seul par la facilité qu'elle lui donne de contrôler les opinions de ceux qu'il occupe, et par le moyen qu'il a de se grouper également dans un tout autre but.

J'hésitai quelque temps à m'enrôler dans un syndicat. Il fallut l'insistance de mes collègues, de mes amis, pour m'y décider. J'avais déjà subi quelque petites punitions imméritées. Très susceptible, j'en avais été froissé. Parmi ces punitions qui m'avaient été infligées, il en était une surtout qui m'avait plus profondément fâché, car, ne la méritant pas, elle ne m'en portait pas moins un réel préjudice au point de vue de mon avenir administratif. Un chef de service, en me provoquant de façon arrogante et narquoise, s'était attiré de ma part une riposte que mon fond d'honnêteté indignée m'avait fait exprimer brusquement en toute franchise. Cette punition servait à me faire toucher du doigt l'instabilité de la situation d'agent de chemin de fer.

Elle me faisait entrevoir ce que de nombreux exemples m'ont confirmé plus tard, que pour une simple faute, savamment exagérée, il serait facile à un chef quelconque de briser cette situation.

Combien de fois cela a-t-il dû arriver ! Pour ne pas porter atteinte à l'esprit de discipline, l'inférieur est sacrifié plutôt que d'atténuer l'autorité du supérieur. Ce principe, qui a sa raison d'être dans l'armée, ne s'explique guère dans une industrie, où le supérieur se fait de lui-même oppresseur, ou il devient facilement exécuteur, selon que ceux placés sous ses ordres lui inspirent plus ou moins de sympathie. Bien des choses sont à sa merci par le défaut de règlement précis délimitant bien le travail, les devoirs et les droits de chacun, avec interdiction absolue de les enfreindre de part et d'autre.

Mon hésitation à me liguer avec mes camarades était inspirée par cette pensée que, désireux d'améliorer ma condition, puisque tous mes honnêtes efforts avaient tendu vers ce but dès mon jeune âge, imbu des idées d'indépendance qui furent la caractéristique de mes ancêtres, je ne tarderais pas à être considéré l'un des plus ardents, des plus tenaces, sinon l'un des plus remuants, à m'attirer à cet effet quelques foudres administratives. Ma répugnance pour l'hypocrisie m'empêcherait de dissimuler.

La modeste part que je pris aux discussions qui eurent lieu dans les réunions que nous fîmes fut suscitée par mon désir de ne pas laisser ridiculiser notre corporation en des prétentions exagérées que pourraient formuler quelques membres qui semblaient croire que, parce que nous étions groupés, nous pouvions exiger, non solliciter. Avec l'aide de quelques amis, j'arrivai à leur faire entendre le contraire, c'est-à-dire leur faire apercevoir la vérité.

Nos prétentions étant modestes, notre programme fut modéré. Il aurait pu être pris en considération par les Compagnies de chemins de fer, si elles n'avaient eu un parti-pris de ne pas vouloir entendre parler *syndicat*.

Notre « audace » les mettait hors d'elles : elles firent sentir leur fureur par des révocations, des déplacements qu'elles imposèrent aux uns, par la rigueur qu'elles tinrent aux autres. Cet esprit haineux se manifesta à ce point que le Parlement ne put ou ne voulut l'empêcher d'atteindre le réseau de l'État, où pourtant il n'aurait pas dû se produire.

Les Compagnies usèrent de tous les moyens pour porter atteinte aux actes de leurs serviteurs, déclarant que l'esprit de discipline s'en trouverait diminué, que cela pourrait bien entraîner des catastrophes. Le « bout de l'oreille » paraissait. Elles tentaient de dégager à l'avance leurs responsabilité en cas d'accidents graves dus à leur extrême cupidité que commençait de dévoiler une diminution excessive du petit personnel. La tactique n'a pas changé, le mal a empiré. Les sommes énormes employées en propagande contre les revendications de ce même personnel suffiraient amplement à lui donner satisfaction.

On s'entête, au contraire, à ne vouloir lui accorder aucune amélioration sérieuse, craignant sans doute qu'il atteigne une trop grande indépendance, qu'il arrive à un trop grand bien-être.

X

Du service de la voie

Avant de te dire, chère fille, quels étaient les desiderata raisonnables présentés aux administrations de chemins de fer, il est nécessaire de t'indiquer substantiellement l'organisation de ces gigantésques entreprises de transports.

Les trois services : *Voie, traction, exploitation*, dont se compose cette industrie, dirigés par les trois ingénieurs en chef dont j'ai parlé, sont distincts les uns des autres, quoique formant un tout, les règlements et instructions propres à chacun ayant pour aboutissant un point commun où ils viennent se confondre : *la sécurité par la régularité de la marche des trains*. Toutes les autres parties du service sont accessoires à celles-ci.

Lorsqu'une avarie survient à une machine en

marche ou en stationnement, lorsqu'un rail se
brise, qu'un écartement de voie se produit ou
que cette dernière est obstruée ; lorsque par
suite d'inobservation du règlement (oubli ou infraction) il y a, par exemple, faux aiguillage ou
autres incidents compromettant la sécurité et la
régularité des trains, les règlements ont pour but
de limiter le mal déjà fait, important ou non,
par l'indication des nouvelles dispositions à
prendre, lesquelles doivent être suivies par les
agents de tous les services comme d'ailleurs
toutes les prescriptions réglementaires, c'est-à-
dire que l'harmonie doit être continuelle entre
les trois services. En temps normal le service de
la voie surveille et entretient le bon état de la
ligne, des appareils et des bâtiments.

Par des tournées fréquentes, les poseurs, les
brigadiers et chefs d'équipe s'assurent de l'état
des rails et traverses, des boulons, des coins,
des coussinets, des éclisses, procèdent immédiatement aux petites réparations urgentes et
signalent celles qui demandent de plus grands
efforts. Toute vérification ou toute réparation
faite à la légère peut avoir de graves conséquences, peut entraîner des catastrophes.

La responsabilité incombe presque tout entière à ces humbles travailleurs, ces hommes
d'équipe de la voie selon la commune désigna-

tion du public, dont le salaire ne dépasse guère
2 fr. 50 par jour.

Le chef de district, dont le traitement varie
entre 1,800 francs et 3,000 francs par an, est aussi
quelquefois inculpé ; le plus rarement possible
cependant. En le frappant on atteindrait le sei-
gneur d'importance qu'est le chef de section,
dont il est la doublure partielle ; ce qu'il faut
éviter.

Il y a différence trop excessive de traitement
et de travail entre les poseurs et les agents des
bureaux de ce service, chef de district compris,
si on considère qu'en dehors de son traitement
régulier ce dernier a des frais de déplacements
qui peuvent s'élever à 50 francs par mois.

Je ne dis pas que le traitement des uns soit
trop élevé, je dis que celui des autres ne l'est
pas assez. Quant aux déplacements, ils devraient
être limités à quelques francs par mois, pour
quelques tournées inopinées.

Le traitement des chefs de section, des ingénieurs et ingénieur en chef, varie entre 5,000 fr.
et 20,000 francs par an, frais de déplacements
non compris, lesquels parfois sont acquis sans
dérangement. Et la disproportion n'est pas excessive entre les uns et les autres, et il n'y a pas
inégalité choquante malgré le degré d'instruction
qui les différencie ? Allons donc !

En ce qui concerne le travail : « Au pauvre la besace », a dit La Fontaine.

Voici comment s'expriment eux-mêmes les intéressés, dans une correspondance dont des extraits furent communiqués dans un rapport à un chef d'exploitation de l'un des grands réseaux. Le style respecté, bien entendu.

D'un brigadier : « Je demande la suppression « des parcours isolés, car je vois que c'est im- « possible d'entretenir 11 kil. 400 à trois hommes, « le brigadier en plus ; c'est vrai que celui-ci va « aujourd'hui avec l'un, demain avec l'autre ; ce « qui arrive assez souvent, c'est qu'un poseur « isolé est seul pendant plusieurs jours. Quand « je passe au chantier du poseur le plus rap- « proché de chez moi, il me demande de suite « si je reste lui aider ; je lui dis : non, je vais plus « loin. Il me dit : il y a pourtant du dressage à « faire. Ma réponse est de lui dire : Je le vois « bien, mais il faut que j'aille plus loin, c'est plus « pressé. Ce dressage reste à faire, ce poseur « continue en avant, dégarnit, relève, bourre, « regarnit. Quelques jours plus tard, on réunit « la brigade, on est obligé de reprendre le dé- « garnissage partout où il y a du dressage à « faire, et, pour faire ce travail, il faut apporter « une partie de l'outillage du poseur voisin, « pinces, battes, pelles, erminette, règles, etc. »

D'un autre agent : « Nous sommes chargés de
« la surveillance et l'entretien de 3 kil. 800 m.
« de voie ; il nous est impossible malgré notre
« bon dévouement de pouvoir faire un entretien
« convenable ; nous en avons 1,500 mètres de
« plus qu'il nous faut pour le relevage et le net-
« toyage de l'herbe, ce qu'un homme est à peu
« près capable de faire. Il y a un grand incon-
« vénient dans les poseurs isolés pour tout le
« travail de sécurité, savoir : le dressage, le « sa-
« botage », un relevage de plusieurs centimètres,
« changement de gros matériel, le transport des
« terres provenant des curages des fossés, etc...
« Quand ces « Messieurs » savent, par exemple,
« que notre ingénieur en chef doit passer dans
« un beau wagon-salon, pour faire paraître de
« la belle et bonne voie, il faudrait que l'on fe-
« rait du travail pour deux, chose impossible.

« Ils nous font travailler à la visite générale
« pendant une demi-journée à un bout du canton
« et l'autre demi-journée ils nous font aller
« couper l'herbe sur l'autre bout. Mais ils nous
« défendent bien de porter ce dernier travail sur
« notre carnet journalier ; ils nous font porter
« tout le temps occupés à la visite générale.

« Est-ce qu'un homme est capable de faire pa-
« raître du travail dans 4 à 5 heures de temps en
« pareille condition ? Après avoir fait 5 à 6 kilo-

« mètres, il a à peine dégarni 5 traverses qu'il
« faut qu'il reprenne ses outils sur son dos
« et « tire » encore 3 à 4 kilomètres pour faire
« l'autre demi-journée. Ces Messieurs ne cal-
« culent pas que pendant que l'on marche on
« ne fait pas de travail et l'homme s'épuise quand
« même. Je suis logé au kil. X, j'ai l'entretien
« d'un disque qui se trouve à 3 kilomètres
« de chez moi. Je suis obligé d'aller l'éteindre ;
« il m'est arrivé après l'avoir éteint et cela
« se répète assez souvent, de rebrousser che-
« min et de me rendre à la rencontre de la bri-
« gade avec marteau, chasse-coins, clé à bou-
« lons et panier sur le dos, porter cela matin et
« soir. Croyez-vous que je puisse dormir tran-
« quille. Après avoir tiré mes 30 kilomètres, il
« faut que je me lève ouvrir les barrières autant
« de fois qu'il se présente une charrette pour
« passer, toutes les nuits en moyenne sept à huit
« fois. C'est-il une existence à gagner 75 francs
« par mois. » Il aurait pu ajouter : sauf les retenues pour amendes, assez fréquentes.

Et cet autre : « Pour le service de la voie, le
« service est chargé d'une façon étrange : d'abord,
« un poseur ne devrait pas avoir plus de 1,500 mè-
« tres à entretenir. Les brigades se composent
« actuellement de trois poseurs et un brigadier.
« La longueur à entretenir est de 7 kilomètres

« 200. Malgré tout notre dévouement bien connu,
« nous ne pouvons pas arriver à ne rien laisser
« en souffrance, ce qui engage énormément notre
« responsabilité et met les voyageurs en danger.
« Antérieurement, nous étions quatre hommes
« et un brigadier par brigade et le parcours de
« chaque brigade n'était que de 7 kilomètres. Il y
« a un point sur lequel nous appelons toute votre
« attention, c'est le binage des haies et l'entretien
« des clôtures. Ce genre de travail nous emploie
« quatre mois de l'année pendant lesquels la voie
« reste pour ainsi dire oubliée. Habituellement,
« ces deux sortes de travaux se donnaient à l'ad-
« judication et alors le personnel de la voie se
« consacrait tout entier au service de la voie.
« Sur certaines sections, les agents sont canton-
« nés, c'est-à-dire que chacun d'eux a 3 kilomè-
« tres 800 à entretenir; qu'il arrive, par exemple,
« une avarie à la voie, un obstacle quelconque, il
« y aura assurément un long retard pour les
« trains et peut-être même une catastrophe due
« uniquement au surmenage de l'agent et au
« manque de personnel. »

Ainsi s'expriment ces modestes travailleurs
qui ne sauraient logiquement, raisonnablement,
être rendus responsables d'un état de choses
qu'ils ont si bien dénoncé, combattu.

Les poseurs isolés dont parlent les intéressés

8

dans leur correspondance venaient d'être mis en expérience et avaient pour but la suppression d'un poseur par brigade. L'auteur du rapport dont j'ai parlé disait à ce sujet, après avoir indiqué l'infériorité numérique du personnel relativement au travail à faire : « La décentralisation des brigades est, ensuite, le mobile principal du danger plus ou moins imminent que court le public pour sa sécurité. »

Les accidents dus à ces causes qu'on ne veut avouer sont classés dans les *causes inconnues*. Les garde-barrières (femmes de poseurs et brigadiers), dont la responsabilité est aussi grande que leur liberté est restreinte, ont un salaire variant entre 0,08 et 0,15 centimes par jour. On a mené grand bruit de cette situation. Je crois qu'on a eu tort d'en faire une question primordiale.

Et on en a fait une, à ce point que plusieurs députés prirent l'initiative de proposer au Parlement l'élévation de l'indemnité allouée.

Malgré leur responsabilité, malgré l'intention des Compagnies de river la femme à la même chaîne d'esclavage que son mari, je crois que l'indemnité pourrait être un peu plus élevée, mais ne saurait l'être beaucoup plus, en raison du logement accordé comme supplément. Il serait plus logique et plus rationnel d'élever le salaire du chef de famille.

Les réflexions faites au sujet des poseurs s'appliquent également aux garde-signaux, détenteurs spéciaux de la sécurité, esclaves du devoir à ce point, qu'en service, il leur est interdit de recevoir femmes et enfants sous peine de sévères punitions.

Les travaux du service de la voie: premier établissement, réparations, se décident trop lentement. Il en résulte qu'ils s'effectuent mal, trop tardivement. J'ai été témoin d'un fait qui justifie mon dire. Il s'agissait de la construction de petits bâtiments accessoires faits en régie, c'est-à-dire par l'administration elle-même sous la surveillance des agents. Les travaux furent refaits jusqu'à trois fois pour des prétextes insignifiants trouvés par l'ingénieur, d'où triple dépense.

Des bâtiments ont-ils à être repeints, par exemple ? Ce travail se fera généralement en hiver, pendant les temps de gelée et de pluie.

Presque toujours en fin d'année. Pourquoi ?

Parce qu'il faut épuiser, en fin d'exercice, les crédits accordés pour ne pas avouer son incompétence, son indifférence ou son exagération en pareille matière. Il faut à tout prix paraître avoir fait une évaluation juste des crédits nécessaires. L'infaillibilité de l'ingénieur doit être absolue comme celle du chef de la Chrétienté!

Tout en passant sous silence le *tour du bâton* qui consiste, comme chacun sait, à recevoir de l'entrepreneur ou du tâcheron des subsides pour des travaux imparfaitement achevés, ou dont le prix aura été surfait, ou des travaux effectués sur le papier seulement, il n'est pas téméraire d'affirmer, si on s'en rapporte pour la comparaison aux critiques formulées par M. Pelletan lors du vote du budget de 1899, il n'est pas téméraire, dis-je, d'affirmer que le service de la voie *c'est la marine du chemin de fer.*

XII

Du service de la traction

Le service de la traction est, comme celui de la voie, divisé en arrondissements dirigés chacun par un ingénieur en chef. Inutile d'ajouter qu'à chacun des emplois supérieurs est attaché un adjoint au moins.

Qui ne connaît l'histoire des deux valets à Jacques Bonhomme : Pierre et Jean. Le maître, s'adressant à Pierre : Que fais-tu? lui dit-il. Celui-ci de répondre : Rien. Et le maître d'ajouter : Et toi, Jean? — J'aide à Pierre!

Il n'y a pas similitude dans le sens absolu, mais, franchement, est-il bien facile aux petits agents, au commun public, d'aborder ces hauts personnages? Dans toutes les administrations françaises il en est ainsi.

Non seulement on ne pourra rencontrer M. le

préfet, pas même M. le secrétaire général, ni M. le conseiller de préfecture, mais encore on trouvera rarement le chef de cabinet ou un chef de division. On devra s'estimer très heureux d'avoir pu mettre la main sur un chef ou sous-chef de bureau quelconque, lequel ne donnera pas la solution cherchée.

A cette règle, générale pour la masse, il y a exception, bien entendu, pour les amis, les égaux; pour ceux qui occupent des situations égales ou plus élevées que celles de ceux avec lesquels ils désirent avoir un entretien.

Ainsi, lorsque l'ingénieur en chef désire voir l'ingénieur d'arrondissement dans une visite inattendue, celui-ci ne « se dérobera » pas, alors que s'il s'agit d'un nettoyeur, d'un chauffeur ou d'un mécanicien, au contraire, ceux-ci courront toutes les chances pour avoir l'honneur de parler à un rond-de-cuir du bureau, à moins qu'ils soient munis d'une convocation spéciale dont la détermination aura été prise à l'avance.

L'ingénieur n'aime guère s'entretenir, avec les plus inférieurs de son service, des mille misères qu'ils ont, par crainte d'en apprendre trop long. Cela pourrait troubler sa quiétude, son bien-être : s'il allait être obligé de rechercher une nouvelle organisation dans laquelle la justice et le bon sens auraient une plus large place !

Après les théorèmes, la sociologie! Cela ne sourit guère.

Sous les ordres directs des ingénieurs d'arrondissement sont les chefs de dépôts et chefs de réserves, supérieurs immédiats des mécaniciens, chauffeurs, visiteurs, nettoyeurs, etc., etc.

Le traitement du chef de dépôt est très élevé, de 4 à 6,000 francs, fort disproportionné avec le service qu'il rend. Certains mécaniciens touchent eux-mêmes des émoluments élevés, 4 à 500 francs par mois, comparativement à leurs camarades de la voie et de l'exploitation, comparativement à leurs « compagnons », comme ils disent, les chauffeurs, qui ont de 112 à 150 francs par mois.

On a un peu exagéré la misère du mécanicien et on ne s'est pas suffisamment attaché à celle du chauffeur.

Voici ce que disait à ce sujet le rapport déjà cité :

« La situation des chauffeurs est encore plus « critique, car pendant que les mécaniciens se « reposent un peu, ils sont obligés de faire le « nettoyage de la machine, le nombre de net-« toyeurs étant insuffisant ou nul. Ce fait (man-« que de nettoyeurs) peut avoir les plus grands « inconvénients, d'abord pour les machines qui « s'usent beaucoup plus, ensuite et surtout pour « la sécurité publique, la vigilance du mécani-

« cien ne suffisant quelquefois pas pour suppléer
« à cet inconvénient ».

Les mécaniciens et chauffeurs ne se plaignent
pas seulement des roulements exagérés, du manque de repos ; comme leurs camarades des ateliers et des autres services, ils considèrent que
des chefs mal appris les gourmandent un peu
trop ; ils se voient trop rigoureusement maltraiter
et déplorent — surtout à ces moments-là — l'insécurité de leur situation, de leur avenir.

Il est un fait que les agents des services de la
voie et de l'exploitation verraient cesser avec plaisir dans celui de la traction : *l'allocation des primes d'économie*. On est tenté de croire que c'est
une des causes, pas la moindre, des détresses des
trains et de l'insécurité même, cause sur laquelle
ferment facilement les yeux tous les supérieurs
de ce service, qui participent pour une large part
dans la répartition de ces primes.

Les ouvriers des ateliers se plaignent de l'insuffisance du salaire, de la partialité des contre-
maîtres et de l'isolement dans lequel ils sont
tenus. Ils sont, en effet, rarement commissionnés,
tout au moins très tardivement.

Je ne puis ici me faire l'écho de tous les griefs
qui sont parvenus à mes oreilles ; cela friserait
plutôt le réquisitoire que l'observation philosophique.

XIII

Du service de l'exploitation.

Comme les autres services, celui de l'exploitation est divisé en arrondissements dirigés par des chefs de division ou inspecteurs principaux, sous les ordres du chef de l'exploitation. Ce dernier est secondé dans sa tâche par un sous-chef et plusieurs autres ingénieurs.

Les différentes attributions de ce service : mouvement, comptabilité, commerce, sont d'ailleurs suivies par des *chefs* de mouvement, de contrôle, de service commercial et de contentieux, sous diverses appellations.

Le service de l'exploitation est chargé de tous les encaissements du trafic d'un réseau. Comme, dit-on, « le cheval qui gagne l'avoine ne la mange « pas toujours », ce service est, généralement, le plus chargé en travail et en responsabilité, et,

proportionnellement, le moins rétribué. Le traitement d'un chef de train, 115 à 200 francs par
mois, n'arrive pas à beaucoup près à celui du mécanicien ; celui du sous-chef de gare, 135 à 200 fr.
par mois, à celui du sous-chef de dépôt ou du
chef de district, et celui du chef de gare, 150 à
350 francs par mois, à celui du chef de dépôt ou
du chef de section ; grades ayant des rapports
similaires. Les comptables eux-mêmes de l'exploitation, 100 francs par mois, 125 après un
nombre respectable d'années rarement inférieur
à dix, sont plus mal partagés que ceux de la voie
et de la traction, comme repos et comme traitement. Que dire des hommes d'équipe dont le salaire de 2 fr. 50 par jour n'arrive guère qu'à
3 francs au bout d'une quinzaine d'années ? Comment, avec un tel salaire, pourvoir aux besoins
d'une famille, enfants et vieillards, nourriture,
entretien, logement, aux prix actuels de toutes
choses de première nécessité ? Et les pouvoirs
publics déplorent le dépeuplement de la Patrie et
recherchent un moyen efficace de repeuplement
avec l'aide de toutes sortes de savants !

Il m'est arrivé d'observer, dans la salle des pas
perdus d'une gare, ce va-et-vient de monde af-
fairé que chacun connaît : les uns se munissant
de tickets, s'occupant fièvreusement de leurs bagages, allant, venant, puis se dirigeant vers les

salles d'attente, pour de là s'installer dans le
compartiment d'un wagon du train qui doit les
conduire à leur destination, pendant que d'autres
attendent impatiemment les « arrivants », voyageurs et colis.

Tout ce monde se croise et s'entrecroise, se
coudoie, se heurte, réclame, tempête parfois, et
finalement, toujours quelque chère personne
assez charitable pour rudoyer l'un ou l'autre des
agents qui, occupés à la reconnaissance, aux
chargement et déchargement des colis, bagages et
messageries, des colis expédiés et reçus, à la dé-
livrance et à la réception des billets, absorbés
par les mesures de sécurité prescrites par des
règlements intérieurs, redoublent quand même
de surveillance et d'activité pour contenter tout
le monde, « maîtres » et « clients », sans espoir de
réussite.

Lors de mes observations, je pensais : Et dire
que cette foule atteinte un moment de névrose
particulière n'a pas le moindre soupçon de la
situation réelle de ceux qui s'empressent, qui
s'efforcent à la satisfaire si docilement, si poli-
ment, si humblement !

Lorsque je sollicite en effet un billet ou un bulletin de bagages, je n'ai qu'un désir: celui d'avoir
satisfaction au plus vite. Mais, je ne me doute
assurément pas que si l'agent qui m'a servi

commet une erreur à son désavantage, dans la précipitation avec laquelle il est contraint d'opérer, il en supportera les conséquences, car la Compagnie a eu soin de déterminer sa responsabilité en ce sens, et, comme il lui est impossible de connaître tout le monde, la perte qu'il subira sera une déduction à supporter sur son maigre salaire, trop heureux si un supérieur quelconque ne surenchérit pas, par une punition inattendue, sur une aussi déplorable situation. En plus de la responsabilité caisse, avec les différents tarifs à appliquer, la multiplicité des ordres et instructions à suivre, les Compagnies ont pour principe d'imposer la tâche double. Aux heures de présence de chacun est fixé un travail qui occuperait deux hommes s'y adonnant raisonnablement. L'agent, machine à rapport du capitaliste, fait habituellement son mal lui-même.

Dans le but d'avoir une faible augmentation de salaire, de passer d'un grade à un autre plus élevé, il fera l'impossible pour faire plus que son camarade et collègue, lui « damer le pion », en y employant au besoin une bonne partie de la nuit.

Encore ce moyen ne réussit-il pas toujours, s'il n'est doublé de quelques platitudes, de quelques bassesses. Mais il profite au supérieur qui saisit l'occasion pour effectuer des économies devant lui faire obtenir l'avancement qu'il recherche aussi.

Le successeur, ne voulant pas ce qu'on appelle trivialement « se couler », fera l'impossible à son tour et ainsi de suite. Comme il y a fin à tout, cependant le moment se présente où il faut arrêter cette façon de procéder.

C'est le moment critique.

L'agent ne pouvant plus venir à bout de son travail est sacrifié, il est rétrogradé comme insuffisance. Il serait préférable, à mon avis, de remonter au véritable coupable qui est l'initiateur de cette façon de faire ; mais des années s'étant écoulées, où sera-t-il ? Devenu supérieur, il sera juge et partie sans doute ; il n'est donc pas à espérer qu'il soit puni.

Avec de tels principes on arrive sûrement à multiplier les accidents.

L'agent surmené, de sa propre volonté ou non, est fatalement entraîné, sinon à les provoquer à un moment ou l'autre, tout au moins à ne rien prévoir pour les éviter.

Ceux qui, par mesure d'économies, recherchent ou encouragent ainsi le surmenage de quelque façon que ce soit, sont les seuls coupables ; eux seuls devraient être punis en toute circonstance grave.

Voici comment s'exprimait à ce sujet l'auteur du rapport dont j'ai parlé :

« Dans certains cas, la diminution du personnel

« s'est faite réellement par la suppression d'hom-
« mes de peine, d'agents commissionnés ou auxi-
« liaires aux écritures. Des « agents » nous ont
« désigné des lignes entières où, dans les stations
« par exemple, un homme d'équipe avait été sup-
« primé et remplacé par la femme du chef de sta-
« tion qu'on nommait à cette occasion receveuse.
« Les agents intéressés dans la circonstance —
« *les chefs de station* — n'osant pas faire d'objec-
« tions, au contraire, d'abord par crainte de dé-
« plaire à leur inspecteur de section, ensuite
« parce qu'ils y voyaient un faible profit person-
« nel, il ne s'en est pas moins suivi que, dans les
« stations où il y avait deux ou plusieurs hommes
« d'équipe, le travail de celui supprimé est re-
« tombé sur le ou les autres.

« Dans d'autres cas, les plus nombreux, le
« personnel n'a pas été augmenté proportionnel-
« lement aux exigences du trafic, proportionnel-
« lement aux exigences des agents contrôleurs.

« Depuis quelques années, ledit trafic a, cela
« est incontestable, sensiblement augmenté dans
« toutes les gares ».

Et le rapport de continuer :

« De X... les renseignements suivants nous sont
« parvenus : à la grande vitesse, un facteur enre-
« gistrant, un facteur basculeur et le facteur-
« chef, commencent leur service à 5 h. 30 du

« matin pour finir, d'après le tableau de présence,
« à 7 h. soir. Ils ne peuvent partir avant le départ
« du train sur C... à 7 h. 56.

« Un facteur enregistrant et un facteur pren-
« nent leur service à 8 h. matin jusqu'à 11 h. soir,
« mais ils ne peuvent, à cause du surcroît de tra-
« vail qu'ils ont, jamais partir avant minuit,
« 1 h. ou 2 h. du matin, ce qui fait au minimum
« 13 à 14 heures de présence. Il leur est impos-
« sible de faire continuellement un service pareil
« sans compromettre leur santé, si on tient compte
« que ces agents n'ont jamais de repos.

« La petite vitesse ne diffère en rien comme
« surmenage de ce qui vient d'être dit pour la
« grande. A l'équipe le service est des plus durs ;
« en outre des 12 heures de présense qu'ils doi-
« vent faire, les chefs et sous-chefs d'équipe,
« lorsqu'ils alternent pour le service du soir,
« commencent à 5 h. 30 pour terminer à 11 h. 30.
« Il n'y a qu'un ou deux hommes d'équipe aux
« chargements et déchargements, les autres sont
« détachés aux services des trains. Il arrive
« aussi que les marchandises sont mises à la dis-
« position du public deux ou trois jours après
« leur arrivée en gare. »

D'une autre gare :

« La journée se passe et la comptabilité reste
« derrière, et pour arriver à faire ce travail, ses

« agents, sur sept nuits de la semaine, en passent
« quatre au bureau et les autres jours finissent à
« minuit pour recommencer à 5 h. du matin.

« L'agent du télégraphe prend son service à
« 8 h. du matin pour le terminer à 11 heures et
« demie, minuit, quand il n'est pas une heure et
« demie du matin.

« Les employés P. V. sont obligés, pour faire
« leur travail, de venir au bureau à 4 heures du
« matin. Ces mêmes employés sont logés dans
« un bureau construit dans un coin de la halle,
« en planches et vitré, ayant 3 mètres de hauteur,
« 2 mètres 50 de longueur, 1 mètre 70 de largeur,
« dans lequel se trouvent 8 étagères, 2 grands
« casiers, 1 coffre-fort, une presse à copier et une
« table sur le bout de laquelle on a cloué une
« planche, sur laquelle l'un des agents est obligé
« de travailler. En été on y cuit ; en hiver, l'hu-
« midité et le froid en font un caveau. Le bureau
« est loin d'avoir la quantité d'air prescrite par
« l'hygiène.

« Le service de l'équipe se compose actuelle-
« ment d'un sous-chef d'équipe et de 4 hommes.
« Ils brassent journellement de 15 à 20 tonnes de
« marchandises ; il arrive également à ce moment
« 18 à 20 wagons par jour qu'ils sont obligés
« de tourner aux plaques et de pousser à l'épaule
« pour les mettre sur les voies de déchargement.

« En trois mois d'été, ils déjeunent le plus sou-
« vent à 3 ou 4 heures du soir, quoique ayant pris
« leur service à 5 heures du matin. »

D'un autre point : « . . . . En hiver, pour
« arriver à mettre nos livres à jour, nous devons
« retourner le soir jusqu'à onze heures, minuit ;
« quand on ne passe pas les nuits, c'est encore
« assez doux. »

Et cette autre gare : « A X... le cadre prévoit
« trois employés petite vitesse. Il y a une
« moyenne de 90 enregistrements par jour, ainsi
« que la correspondance. Exceptionnellement
« surchargé de travail, l'un tient le guichet des
« arrivages, fait les encaissements, paye les
« remboursements au départ, les indemnités, les
« au-delà, fait le triage et le pointage des lettres
« de voiture, les sorties au bureau restant, bor-
« dereau de camionnage, lettres d'avis, les taxes
« avec toute la responsabilité du trafic direct,
« fait la comptabilité mensuelle et les statistiques
« intérieur et direct. Jamais de repos vu la res-
« triction du personnel. Ils sont obligés de pro-
« fiter des jours de dimanches et fêtes pour
« leur permettre de tenir leur travail à jour et
« même quelquefois d'allonger les journées des
« deux bouts et de ne pas employer le temps
« nécessaire à leur repas..... »

D'une autre gare encore : « Nous, agents de la

« gare de X..., demandons ce qui suit : qu'il soit
« mis fin, autant que faire se pourra, au surme-
« nage dont nous souffrons comme tant d'autres
« de nos camarades. Notre tableau de présence
« au service journalier ne porte que 12 heures
« de travail. En réalité nous sommes sur pied
« depuis 4 heures et demie du matin jusqu'à
« 8 heures du soir, ce qui fait bien 15 heures et
« demie. »

De celle-ci enfin : « Les agents des gares se
« plaignent et avec raison du surmenage que
« leur impose l'insuffisance notoire du per-
« sonnel ; exemple :

« Petite vitesse. — Au lieu de se reposer le di-
« manche, dans l'après-midi, la plupart du temps,
« les agents sont contraints de partir en renfort
« aux trains facultatifs.

« Equipe des gares. — L'insuffisance de la ré-
« serve des trains oblige la Compagnie à en-
« voyer également les hommes d'équipe comme
« renfort aux trains facultatifs ou autres ; les
« équipes des gares se trouvent par suite désor-
« ganisées. Cette désorganisation entraîne sou-
« vent pour les chefs et sous-chefs d'équipe des
« punitions imméritées et peut aussi occa-
« sionner des accidents. Le personnel de l'équipe
« est insuffisant en temps normal, surtout de-
« puis que le personnel des trains est renforcé

« par le personnel des gares. Si nous rentrons
« dans les cas anormaux, c'est-à-dire lorsque les
« agents sont malades ou en congé, l'augmenta-
« tion du travail devient si forte, que les agents
« sont littéralement débordés et sont d'autant
« plus malheureux qu'étant surmenés, ils per-
« dent la tête, commettent quelques erreurs
« pour lesquelles ils sont punis implacablement.
« Trop heureux quand ils ne sont pas interpellés
« vivement par quelques chefs immédiats et en
« présence du public. Les manœuvres étaient
« faites précédemment par un chef ou sous-chef
« d'équipe, aidé de deux ou trois hommes, ja-
« mais moins ; aujourd'hui le chef de manœuvre
« se trouve seul ou avec un seul homme. Il n'est
« pas rare que, malgré les règlements, il soit
« obligé de faire lui-même les accrochages et les
« décrochages des wagons, ce qui fait qu'alors il
« n'y a plus personne pour faire les signaux et
« que le mécanicien ne peut savoir quand il doit
« s'arrêter. Il y a là un danger pour la sécurité
« du personnel et du public. Le dilemme suivant
» se pose donc du fait de la Compagnie elle-
« même. Le chef d'équipe est obligé de : ou en-
« freindre les règlements, faire les attelages
« comme il a été dit, de façon à pouvoir expé-
« dier les trains à l'heure et il court le risque
« d'être puni pour infraction auxdits règlements ;

« ou ne pas les enfreindre, attendre qu'on lui
« donne du personnel et alors il peut être signalé
« pour refus de service ou retard dans la forma-
« tion et sera sûrement puni. »

Afin de conserver les expressions familières et
techniques du service, j'ai respecté, je le répète,
le style des intéressés comme l'avait fait l'auteur
du rapport lui-même. Cela ne peut que confirmer
l'authenticité des citations en leur donnant plus
d'intérêt.

Il est à remarquer que, lorsqu'il s'agit d'augmenter le nombre des agents supérieurs, aucune
opposition n'est faite à cette mesure. S'il s'agit
au contraire des emplois inférieurs — *ceux qui
produisent* — une très vive résistance se révèle
immédiatement. Cette résistance chez les agents
supérieurs leur est conseillée par le secret désir
qu'ils nourrissent d'avoir une augmentation de
gratification ou un avancement de grade, pour
avoir fait faire la plus grande quantité de travail
avec le moins de dépense, c'est-à-dire le moins
de personnel possible; façon très ingénieuse de
se faire *mousser* qui serait vite enrayée si les
responsabilités des fautes commises remontaient
aux vrais auteurs de ces fautes, comme le pré-
conisait un député, M. Bourrat, je crois. L'application fausse de la responsabilité incombant
toujours au modeste est une plaie qui anémie

une nation, l'avachit et la ronge plus qu'une guerre quelle qu'elle soit, qu'il s'agisse d'industrie ou de politique.

Les agents de tous les services ont continuellement élevé des protestations contre cette manière d'agir, de même qu'ils se plaignent des travaux inutiles qui leur sont imposés par quelques-uns de ces mêmes supérieurs dont l'unique préoccupation consiste à rechercher la justification de leur sinécure.

L'auteur du rapport disait à ce sujet :

« Lorsqu'il s'agit d'une augmentation à faire « dans le personnel supérieur, aucune hésitation « ne se produit, même pas celle de la question « pécuniaire qui nous est continuellement oppo- « sée. Nous ne voulons pas dire que ces augmen- « tations ne se justifient pas, mais si on augmen- « tait les cadres inférieurs comparativement « aux cadres supérieurs, il ne serait pas étonnant « de voir chaque subalterne aidé d'un adjoint. »

Et il ajoutait :

« Dans toutes les administrations le fait est le « même. Voici ce qu'en disait un des organes « quotidiens de la presse parisienne, un des plus « autorisés du pays, un des plus répandus, le « *Petit Journal*, dans un long article qu'il « publiait, à cet effet, à la date du 20 jan- « vier 1889 :

« Si on n'aborde pas courageusement, y était-
« il dit, ce grand travail de remaniement, on
« laissera les grands absorber et étouffer les
« petits. »

Les animadversions des agents de chemins de
fer ne se bornent pas seulement à l'insuffisance
du salaire, au surcroît de travail ou manque de
repos, par conséquent, au libre essor d'une brutalité intraitable de quelques supérieurs à l'égard
de leurs subalternes, brutalité qui se complique
par une absence absolue de toute justesse ; elles
visent aussi, ces animadversions, la réglementa-
tion des caisses de retraites telle qu'elle a existé
jusqu'à ce jour dans tous les grands réseaux
français.

En examinant brièvement les dispositions réglementaires de ces caisses de retraites pour chaque réseau, il sera facile de s'apercevoir que les
agents ont quelque peu raison.

Cela dit modestement.

XV

De la retraite des Compagnies

SYNDICAT DE CEINTURE DE PARIS

La retraite faite aux employés du chemin de fer du Syndicat de Ceinture de Paris est établie :

1º Par une retenue de 4 pour 100 sur le traitement fixe ;

2º Par un versement fait par le Syndicat de 9 pour 100 du traitement fixe des agents intéressés.

Les retenues sont versées à la Caisse des retraites pour la vieillesse, instituée par la loi du 18 juin 1850, dans le but de constituer une pension viagère aux agents. Les versements sont effectués à capital aliéné ou à capital réservé, au choix de l'employé.

Les retenues et les versements opérés par le

Syndicat deviennent la propriété des employés au nom desquels ils sont faits, mais les livrets ne sont remis aux titulaires qu'à la liquidation de la pension ou en cas de démission ou de révocation, contre récépissé.

La veuve d'un employé n'a droit à une retraite qu'autant que le mari a demandé à la Caisse des retraites son compte à capital réservé.

Le Syndicat peut liquider d'office la retraite de tout employé âgé de plus de cinquante ans et ayant au moins quinze ans de service. Le droit à la retraite n'est acquis qu'après vingt-cinq ans de commission et cinquante-cinq ans d'âge; cependant, pour les employés qui viendraient à décéder dans l'exercice de leurs fonctions après vingt-cinq ans de service, mais avant d'avoir atteint l'âge de cinquante-cinq ans, les veuves auront droit à la moitié de l'allocation acquise, en considérant la retraite comme liquidée par anticipation. Ce droit à l'allocation ne sera acquis à la veuve et aux enfants d'un employé décédé que sur justification de mariage datant de trois années et à la condition qu'il n'y ait pas eu séparation de corps ou divorce.

EST

A l'Est, la Caisse des retraites, à laquelle participent tous les agents commissionnés, est formée :

1º Par une retenue de 3 pour 100 sur le traitement fixe ;

2º Par une allocation mensuelle de la Compagnie de 8 pour 100 ;

3º Par les dons et legs faits à la Caisse ;

4º Par le produit du placement des fonds disponibles de ladite Caisse.

Tout agent ayant au moins cinquante-cinq ans d'âge et vingt-cinq ans de service effectif peut être mis à la retraite, soit sur sa demande, soit d'office par la Compagnie.

La Compagnie se réserve le droit de mettre à la retraite d'office tout employé âgé de cinquante ans ayant au moins vingt ans de service. Les agents ayant au moins vingt ans de service peuvent, quel que soit leur âge, être admis à la retraite s'ils sont atteints d'infirmités graves constatées par le service médical et par suite reconnus comme ne pouvant plus faire aucun service.

Ceux qui quittent la Compagnie ayant moins de vingt ans de service, n'ont droit qu'au remboursement de leurs cotisations. Au décès d'un agent retraité, la moitié de sa pension est servie à la veuve, ou, à défaut, aux enfants mineurs âgés de moins de dix-huit ans.

Pour l'agent marié ou veuf avec enfants qui, en activité de service, viendrait à décéder après avoir accompli au moins vingt ans de service, la Compagnie se réserve le droit de décider, « suivant « les circonstances et la situation de la veuve ou « des mineurs, s'il y a lieu d'accorder la moitié de « la pension à laquelle le décédé aurait eu droit » s'il avait été mis à la retraite le jour de son décès.

Pour jouir d'une pension, la veuve doit remplir les conditions suivantes :

Avoir contracté son mariage au moins deux ans avant la mise à la retraite ou le décès de l'agent ; n'avoir pas encouru la séparation judiciaire ou divorcé.

Aucune veuve ne peut cumuler deux pensions de retraites, à moins d'avoir été elle-même employée commissionnée. En cas de mariages successifs avec des agents de la Compagnie, une veuve qui deviendrait apte à obtenir plusieurs pensions de taux différents ne recevra que celle du taux le plus élevé.

Au décès d'une veuve d'employé, sa pension est reversée sur les enfants âgés de moins de dix-huit ans issus de son mariage avec l'agent défunt.

En cas de nouveau mariage d'une veuve jouissant d'une pension de retraite et ayant des enfants, la pension qui lui était servie sera reversée sur les enfants âgés de moins de dix-huit ans de l'agent défunt, mais elle fera retour à la veuve dès que chacun des enfants atteindra sa dix-huitième année. Dans le cas où un agent laisserait à son décès des enfants mineurs issus d'un premier lit, une portion de la pension de la veuve, n'excédant pas la moitié, pourra être attribuée auxdits mineurs. Cette pension fera retour à la veuve à mesure que les enfants atteindront l'âge de dix-huit ans.

La veuve retraitée, sans enfants, qui contracte un nouveau mariage, conserve la pension obtenue au décès de son premier mari.

Le droit des orphelins, proportionné aux stipulations du Code civil, est le même que celui des autres enfants mineurs.

Les pensions de retraite sont calculées sur la base de la moitié du traitement fixe des six dernières années, pour la retraite complète, et pour celles proportionnelles : $1/60^{me}$ du traitement moyen des six dernières années, par année de service effectif, pour les agents ayant atteint l'âge de cinquante-cinq ans et comptant au moins vingt ans de service; $18/60^{mes}$ du traitement moyen des six dernières années, avec augmentation de $1/60^{me}$

par année de service sans dépasser les 24/60mes du traitement moyen, aux agents que des infirmités mettent dans l'obligation de quitter leurs fonctions et qui ont vingt années de service.

En outre des dispositions qui précèdent, la Compagnie de l'Est accorde, depuis le 28 février 1884, suivant un règlement qu'elle a adopté, des secours annuels aux agents réformés entre quinze et vingt ans de service et aux veuves et enfants d'agents décédés en fonctions entre quinze et vingt ans de service, moyennant l'abandon formel du capital et intérêts de toutes les sommes auxquelles auraient droit les intéressés, aux termes de l'article 25 du règlement de la Caisse de prévoyance du 1er février 1870 et de l'article 19 du règlement de la Caisse des retraites du 1er octobre 1879.

Le secours annuel, accordé à l'agent, ne pourra être inférieur à 300 francs et celui de la veuve à 180 francs.

ÉTAT

La dotation de la Caisse des retraites des chemins de fer de l'État est formée :

1° Par une retenue de 5 pour 100 opérée mensuellement sur le traitement fixe, lors de la première nomination ou en cas de réintégration et de toute augmentation ultérieure ;

2º Par une subvention de l'administration égale à la retenue de 5 pour 100 exercée sur les traitements des agents et versée aux mêmes époques que cette retenue ;

3º Par les produits des placements des fonds de la Caisse ;

4º Par les dons à titres divers ou les subventions supplémentaires qui pourraient être faites par l'administration ;

5º Par le reliquat des amendes infligées aux agents commissionnés et qui n'auraient pas été distribué en secours au 31 décembre de l'année à laquelle ces amendes se rapportent.

Les retenues qui sont obligatoires pour tout le personnel commissionné sont remboursées sans intérêts à chaque agent :

S'il est réformé avant quinze ans de commission ;

En cas de démission ou de révocation ;

Sur sa demande au moment de la liquidation de sa pension ; mais, en ce cas, la retraite à laquelle il a droit sera réduite de moitié.

Les retenues sont également remises à la veuve ou aux enfants de l'agent décédé avant quinze ans de commission.

Pour avoir droit à la retraite, l'agent doit réunir cette double condition de vingt-cinq ans de commission et cinquante-cinq ans d'âge. La pension de retraite est basée sur la moitié des traitements moyens des six dernières années ou de toute la durée du service, si ce dernier décompte est plus avantageux aux participants.

La retraite proportionnelle, accordée aux agents réformés, sera la même que celle obtenue à cinquante-cinq ans d'âge et vingt-cinq ans de service diminuée d'un cinquantième par année de service et d'un cinquantième par année d'âge en moins.

La liquidation de la pension de retraite des agents de trains dans l'incapacité de continuer leur service après cinquante ans d'âge et vingt ans de service, sera comme s'ils avaient cinquante-cinq ans d'âge et vingt-cinq ans de service.

La pension de retraite de l'agent est reversible pour moitié sur la tête de sa veuve ou de ses enfants mineurs ayant moins de dix-huit ans, mais il faut que le mariage de l'agent ait eu lieu trois années au moins avant la liquidation de sa pension de retraite. Ce droit n'existe pas pour la veuve séparée de corps ou divorcée sur la demande du mari. La part de pension reversible sur les enfants est partagée entre eux par portions égales et payée à chacun d'eux jusqu'à l'âge de dix-huit ans, sans que la part de l'un soit reversible sur un autre.

Si, avec la veuve, il existe des orphelins nés

d'un mariage antérieur, il sera prélevé en leur faveur un quart de la pension attribuée à ladite veuve s'il y a un seul orphelin, et moitié s'il y en a plusieurs. Cette part ainsi attribuée aux enfants sera reversible sur la tête de la veuve lorsque les mineurs auront l'âge de dix-huit ans ou s'ils décèdent avant ce moment.

La moitié de la pension des femmes retraitées comme employées est reversible sur leurs mineurs, le mari n'ayant aucun droit sur cette pension.

Si un agent décède dans l'exercice de ses fonctions après quinze ans de commission, il sera considéré comme ayant été mis d'office à la retraite, et sa veuve et ses enfants mineurs auront droit à la partie reversible de la pension qui lui aurait été attribuée.

MIDI

La Caisse des retraites de la Compagnie des chemins de fer du Midi se compose :

1° D'une retenue mensuelle de 3 pour 100 sur le traitement des agents commissionnés et du premier douzième de toute augmentation dudit traitement;

2° D'un versement par la Compagnie d'une somme égale à 6,30 pour 100 du traitement.

Ont droit à la retraite les agents qui ont atteint cinquante-cinq ans d'âge et vingt-cinq ans de service. Elle est alors égale à la moitié du traitement moyen des six dernières années.

.La pension des agents mis à la retraite par anticipation après un minimum de quinze ans de service, est égale à autant de soixantièmes du traitement moyen des six dernières années de service que l'agent compte d'années de versement; cependant, en cas d'incapacité de travail après vingt-cinq ans de retenue, la Caisse de prévoyance complète, pour les agents de l'Exploitation, la moitié du traitement de l'agent infirme.

La moitié de la pension est reversible sur la tête de la veuve pouvant justifier de cinq ans de mariage, qu'il y ait ou non des enfants.

Les agents qui quittent la Compagnie avant l'âge et le temps fixés pour leur mise à la retraite ont droit au remboursement de l'intégralité des retenues faites sur leur traitement; toutefois, pour ceux démissionnaires, il leur est fait une retenue du montant des versements effectués pendant les trois premières années de service.

NORD

La retraite des agents du Nord se compose de deux parties bien distinctes :

1º La pension viagère constituée par la Caisse des retraites pour la vieillesse au moyen de la retenue de 3 pour 100 opérée sur les traitements, obligatoire pour les agents commissionnés, facultative pour les ouvriers à la journée. Cette retenue, propriété de l'agent, est versée tous les trois mois à son compte personnel à la Caisse des retraites pour la vieillesse, dans le but de lui constituer une pension viagère à l'âge de cinquante ans.

Les versements se font à capital aliéné ou à capital réservé, à la volonté de chaque agent.

Les agents dont le traitement est inférieur à 1,500 francs ne subissent pas de retenue, la Compagnie prenant à sa charge les sommes à verser à leur nom. Les retenues mensuelles faites aux agents qui quittent le service dans le courant d'un trimestre sont remboursées sans intérêts, sur récépissé au moment du départ.

Le livret étant une propriété personnelle est remis au titulaire contre récépissé, au moment de la liquidation de la pension, de la démission ou de la révocation. En cas de décès du titulaire, le livret est remis à la femme ou aux héritiers pour faire valoir leurs droits ;

2° D'une pension viagère constituée par la Compagnie sur ses propres fonds, indépendante de celle de la Caisse des retraites pour la vieillesse.

La pension viagère faite par la Compagnie est ainsi accordée sans qu'elle puisse être inférieure à cent francs : un quatre-vingtième du traitement moyen des six dernières années pour chaque année de service accomplie sans interruption pour le personnel commissionné, et, pour les ouvriers, la pension est égale à celle acquise à la Caisse des retraites pour la vieillesse au moyen de la retenue.

Pour avoir droit à la retraite, il faut avoir atteint l'âge de cinquante ans et compter vingt-cinq ans de service au moins comme employé de service sédentaire et vingt ans comme employé de service actif.

En cas de blessures graves ou d'infirmités prématurées entraînant une incapacité absolue de travail, une retraite peut être accordée par anticipation proportionnelle au temps de service effectif.

Un agent décédé ayant droit à une pension, la veuve pourra jouir du tiers de cette pension, de même que la veuve d'un agent retraité, mais la condition que le mariage date de six années au moins avant la cessation de service. En cas de séparation de corps prononcée sur la demande du mari, la veuve n'a droit à aucune pension.

ORLÉANS

La Compagnie d'Orléans procure une retraite à ses agents sans avoir recours à la retenue sur le traitement.

La participation dans les bénéfices qu'elle accorde ainsi, et qui est de 10 pour 100, est versée à la Caisse des retraites pour la vieillesse au nom des agents, qui ont la faculté de spécifier s'ils entendent réserver leur capital à leurs héritiers en cas de décès.

Un demi-mois de traitement est, en plus, distribué à tous les agents aux appointements inférieurs à 3,000 francs.

N'ont droit à la retraite que les agents réformés après vingt-cinq ans de commission et cinquante-cinq ans d'âge. La pension est égale à la moitié du traitement moyen des six dernières années. En cas de décès de la femme d'un agent, la pension de retraite de celui-ci est diminuée d'un tiers.

OUEST

Le fonds de la Caisse des retraites de la Compagnie de l'Ouest est formé :

Par une retenue mensuelle de 4 pour 100 du traitement et du premier douzième de chaque augmentation ;

Par une allocation de la Compagnie de la somme de 5 pour 100 sur le traitement et d'une somme égale au premier douzième de toute augmentation ;

Par les dons et par les amendes et par le produit du placement des fonds de la Caisse.

Les retenues faites au personnel sont versées, à son compte, à la Caisse des retraites pour la vieillesse, afin de leur constituer une rente viagère à l'âge de cinquante ans ou à une date plus reculée.

Les employés ont le droit de réserver leur capital à leurs héritiers en cas de décès.

N'ont droit à la retraite que les agents ayant atteint à la fois vingt-cinq ans de service et cinquante-cinq ans d'âge. La Compagnie se réserve le droit de mettre à la retraite d'office et par anticipation tout employé ayant au moins vingt ans de service et plus de cinquante ans. La pension sera des vingt-cinq soixantièmes du traitement moyen des six dernières années, avec augmentation de un soixantième du même traitement pour chaque année de service au delà de vingt ans.

La pension de la retraite définitive sera de la moitié du traitement moyen des six dernières années, augmentée de un soixantième du traitement moyen pour chaque année excédant vingt-cinq ans de service.

La moitié de la pension de la retraite est reversible sur la tête de la veuve de l'employé, mais ce droit n'existe pas pour celle-ci en cas de séparation de corps ou de divorce prononcé sur la demande du mari. Si, indépendamment de la veuve, il existe un ou plusieurs orphelins ayant moins de dix-huit ans, provenant d'un mariage antérieur de l'employé, il est prélevé sur le montant total revenant à la veuve, et sauf reversibilité en sa faveur, un quart au profit de l'orphelin du premier lit, s'il n'en existe qu'un ayant moins de dix-huit ans, ou la moitié s'il y en a plusieurs dont plus d'un au-dessous de dix-huit ans.

En cas de décès de la femme ou de déchéance de ses droits, la pension est reversible pour moitié sur la tête des enfants âgés de moins de dix-huit ans par égales portions, même au fur et à mesure d'extinction des droits de chacun.

Les droits de la veuve et des enfants n'existent qu'autant que le mariage de l'employé a eu lieu deux années avant la liquidation de la pension de retraite.

Après quinze ans de service, une pension proportionnelle sera servie à l'agent réformé pour incapacité de travail, et, en cas de décès, pour moitié à ses héritiers sans descendre, toutefois, au-dessous de 250 francs.

Les pensions de retraites sont incessibles et insaisissables.

P.-L.-M.

La Compagnie de Paris à Lyon et à la Méditerranée n'a pas recours à la Caisse des retraites de la vieillesse. Elle administre elle-même sa Caisse à ses frais et sous sa responsabilité.

Le fonds de cette Caisse est formé par :

1º Une retenue obligatoire de 4 pour 100 opérée mensuellement sur les traitements des agents commissionnés ;

2º Par une subvention mensuelle, fournie par la Compagnie égale à 4 pour 100 du montant des traitements soumis à la retenue ;

3º Par le produit des placements de fonds et

par les subventions supplémentaires que la Compagnie peut faire en cas éventuels.

Pour avoir droit à la retraite les agents doivent réunir cette double condition de cinquante-cinq ans d'âge et vingt-cinq ans de service effectif, service actif ou service sédentaire.

La pension de retraite sera au moins égale à la moitié du traitement moyen de l'ayant-droit.

La Compagnie se réserve le droit de mettre à la retraite d'office et par anticipation tout employé âgé de plus de cinquante ans et ayant au moins quinze ans de service ; la pension allouée dans ce cas est du tiers du traitement augmenté d'un soixantième pour chaque année de service en sus des quinze premières années.

La pension de retraite est reversible pour moitié sur la tête de la veuve, pourvu que le mariage ait été contracté cinq ans au moins avant la cessation des fonctions du mari. Ce délai est réduit à deux ans pour la veuve de l'employé décédé dans l'exercice de ses fonctions après quinze ans de service, quel que soit d'ailleurs son âge.

Le droit à la pension n'est pas acquis à la veuve, en cas de séparation de corps prononcée sur la demande du mari.

L'agent qui, pour une cause quelconque, quitte la Compagnie, même par suite de révocation, a droit au remboursement intégral, sans intérêts, des retenues faites sur ses appointements. En cas de décès de l'agent avant sa mise à la retraite, les retenues faites sont remboursées sans intérêts à ses héritiers ou ayants droit.

Les spécifications propres à chaque réseau, avec leurs restrictions atténuées timidement, petit à petit, justifient assez, comme on voit, par la reproduction ci-dessus, quoique incomplète, des points principaux contenus dans les règlements des Caisses de retraites des grands réseaux, la nécessité d'unification dans un sens plus équitable encore, unification demandée par tous les intéressés, des abus nombreux l'ayant rendue d'ailleurs inévitable.

Il est assez difficile de comprendre pourquoi le Syndicat de Ceinture, la Compagnie de l'Ouest et la Compagnie de P.-L.-M. retiennent mensuellement 4 p. 100 à leur personnel; que celles de l'Est, du Midi, du Nord, n'en retiennent que 3, l'administration de l'État 5 et la Compagnie d'Orléans point; pourquoi la subvention mensuelle du Syndicat de Ceinture est de 9 p. 100, celle de l'Est de 8, celle du Midi de 6,30, celle de P.-L.-M. de 4, celles de l'Ouest et de l'État de 5, et celle d'Orléans de 10, pendant que la Compagnie du Nord fait une pension viagère elle-même. Pourquoi tous les réseaux, sauf le Nord, exigent la double condition de cinquante-cinq ans d'âge et vingt-cinq ans de *commission*, à cause de la confusion possible des règlements sur ce point — cinquante-cinq ans d'âge, disent-ils, et vingt-cinq ans de *service* — mais, par *service*, les Compagnies entendent *commission*, de sorte qu'en ne commissionnant leurs agents qu'au bout de quelques années, c'est autant de temps de gagné à leur avantage. Ainsi ceux qui entrent à vingt-cinq ans et qui ne sont commissionnés qu'à trente, n'ont quand même droit à leur retraite qu'à cinquante-cinq ans, quoique ayant trente ans de service, et c'est la raison pour laquelle tous les intéressés réclament justement le commissionnement presque immédiat ; pourquoi, de quel droit, en vertu de quelle logique, dis-je, cette double condition est exigée ? Plusieurs admettent aujourd'hui, il est vrai, la liquidation de la pension d'une retraite proportionnelle, après quinze ans de *commission*, pour blessures ou infirmités contractées en service, mais il est à remarquer que ce n'est pas là une garantie contre la révocation prononcée même iniquement.

Nous verrons bientôt le mobile réel qui pousse les Compagnies à ce genre de restrictions spéciales.

Avec des retenues mensuelles de 5 francs sur 100 francs et des allocations au moins égales, les

Compagnies de chemins de fer ont toujours déclaré qu'il n'était pas possible d'assurer une retraite à leurs agents s'ils ne remplissaient cette double condition de vingt-cinq ans de commission et cinquante-cinq ans d'âge, alors que beaucoup de sociétés, avec des ressources bien moindres, accordent des rentes à leurs membres dès l'âge de cinquante ans.

En dehors de la Caisse nationale des retraites pour la vieillesse, il y a toutes sortes d'autres sociétés dont la principale, la plus importante, est, pour les chemins de fer, l'*Association fraternelle*.

Comment la Société des Prévoyants de l'avenir, par exemple, peut-elle allouer *à tous ses membres*, après vingt ans de versements, par conséquent dès l'âge de trente-cinq ans, une rente annuelle qu'on ne prévoit guère inférieure à 300 francs et pouvant atteindre 4,000 francs? Et cela avec des versements de 1 franc par mois?

Que dire enfin des Compagnies d'assurances sur la vie qui, en dehors des rentes qu'elles sont obligées de servir, réussissent à réaliser d'énormes bénéfices?

La moyenne de la vie de l'homme, basée entre les tables de Duvillard et de Deparcieux et en tenant compte très faiblement de l'anémie existante, atteint à peine, certainement, trente-cinq ans. Encore dans cette moyenne y faudrait-il comprendre aussi bien le travailleur surmené, physiquement et moralement, constamment surexcité par des paroles froissantes, humiliantes, par des faits nuisibles, comme celui exempt de tout souci.

Cela doit suffire comme démonstration évidente que les capitalistes des voies ferrées n'ont d'autre but que de s'attacher un personnel, servile jusqu'à la mort, auquel ils font entrevoir une vieillesse heureuse qu'il n'atteindra sûrement pas, mais auquel l'illusion d'un tel avenir suffit pour supporter indéfiniment un aveugle et avilissant servage.

Par contre, ces mêmes philanthropes, *selon eux*, se réservent de révoquer impunément, à leur gré et selon leur volonté, n'importe quel agent, celui-ci eût-il vingt-quatre ans et demi de commission et cinquante-quatre ans d'âge. Il suffit qu'il ait déplu.

La société actuelle ne peut tolérer plus longtemps de tels abus qui portent atteinte à sa bonne renommée ; elle ne doit plus tolérer cette annihilation de droit individuel et de liberté.

Si, laissant de côté le rôle administratif et commercial de l'employé de chemin de fer, pour envisager celui de principal auxiliaire de la défense du pays, en cas de conflit, celui de premier défenseur, il faut dire, car il va de pair avec l'armée, il la précède même ; les exploits de celle-ci étant subordonnés à ses opérations, puisqu'il est chargé de la mobilisation, c'est-à-dire du transport des hommes et des munitions sur les lieux exposés, avant et pendant la guerre, et de l'évacuation ensuite ; je dis qu'à mon sens, il est digne d'un peu plus d'intérêt de la part de tous, des pouvoirs publics et du gouvernement.

Il est digne d'une retraite proportionnelle dont les conditions de jouissance ne doivent pas être inférieures à celles stipulées pour les sous-officiers de l'armée et pour la gendarmerie.

D'autre part, ainsi que je l'ai précédemment dit, puisque le machinisme et le développement subit de l'instruction ont formé un encombrement de candidats dans toutes les administrations, en même temps que la culture était abandonnée, des retraites, si minimes fussent-elles, peuvent ramener beaucoup de familles aux lieux qu'elles avaient quitté, c'est-à-dire aux champs. De ce fait, les inoccupés se casent, et les consciences tranquillisées, se trouvant dans un meilleur être, sans détriment appréciable pour personne, revivifient cette campagne déserte et de plus en plus triste, à l'avantage au contraire de tous.

Peut-être la solution du problème qu'une multitude de savants ou de politiciens recherchent ou semblent rechercher en vain, parce qu'ils se placent sans cesse à côté de la question, se trouvera-t-elle ainsi résolue ; le meilleur être d'une très grande quantité de familles ne pouvant manquer d'être un stimulant exceptionnel pour l'augmentation des enfants de la patrie qui en demande, sentant son besoin de renouveau.

On a dit que l'aisance était la cause primordiale de la diminution de la population. Cela ne se peut pas, sauf quelque rare exception d'incompréhensible égoïsme. L'explication en est facile. Si nous avons en perspective de ne savoir comment nos enfants pourront vivre de leur travail, ce qui s'appelle *vivre* et non pas *végéter*, comme cela existe aujourd'hui pour la masse, dans toutes les usines industrielles, dans tous les emplois maigrement salariés et point stables, nous nous abstiendrons, plutôt que de nous exposer à procréer des aliments de bagne ou de perpétuer notre sang de martyrs, préférant à cet avilissement d'un degré effroyable dans son imprévu, la disparition de la race la plus forte, la plus brave, la plus vaillante, la plus intelligente qui ne fût. Si, au contraire, la perspective d'une vie large de travail se présente, confiants en l'avenir, en notre suprême intelligence, en notre force, le contraire se produira pour le plus grand bien et pour la splendeur de la patrie.

L'équilibre social a besoin d'être entretenu. Cela est facile. Il suffit de prendre un peu du superflu à quelques-uns pour le reporter sur ceux qui n'ont pas assez. Dans toutes les administrations, dans toutes les industries privées ou publiques, il doit en être ainsi : Il n'est guère plus admissible, comme le disait *Le Petit Journal*, à la date déjà rappelée du 20 juin 1889, que des « trésoriers » passent six mois de l'année à Paris, trois mois à la campagne et ne soient à leur poste que pour donner quelques fêtes ; des réformes sont indispensables, administrativement, judiciairement, financièrement. Pour ce dernier point, le système ne paraît-il pas tout trouvé dans le principe de l'impôt progressif du revenu, qu'il faudra bien finir par admettre, si on veut que ledit équilibre, qu'on s'efforce de maintenir par des subterfuges plus ou moins visibles, ne se rompe tout à fait.

« Le rôle de l'évolution, dit *Jules Andrieu*, « dans *Philosophie et Morale*, c'est de tirer de « chaque révolution toutes les conséquences et « tous les bénéfices qui sont en germes dans « celles-ci. Si l'évolution se prolonge trop de « temps, si une révolution nouvelle ne vient pas « renouveler l'essor de l'esprit humain, l'abâ- « tardissement commence, une race entière « d'hommes végète, la pensée se pétrifie. Si, au

« contraire, trop de révolutions se succèdent, le
« ressort de l'esprit se casse. Le peuple dispa-
« rait, mais son histoire est féconde en enseigne-
« ments, car les germes de toutes les grandes
« choses ont été découvertes par ces peuples
« morts de la fièvre de vivre. La révolution, c'est
« la conquête, c'est l'action. L'évolution, c'est la
« conservation et le développement du bien
« acquis.

« Mais l'évolution trop prolongée, c'est la réac-
« tion! »

A l'époque où nous en sommes de notre histoire, n'est-ce point le cas ?

XVI

Du mariage

Il peut s'écouler une longue période d'années sans qu'aucun fait marquant ne trouble la monotonie de notre existence, comme il peut survenir toutes sortes d'agitations dans un temps très court. C'est le cas le plus rare. C'est pourquoi nous sommes avides de lecture de vies aventureuses comme celles de M. H. Rochefort, de M. Cluseret, de M. Cipriani, par exemple, les événements transformant certains points caractéristiques d'honneur et d'opinion en faits héroïques.

Durant les huit années qui s'écoulèrent jusqu'à ce que mon traitement atteignît la modique somme annuelle de mille cinq cent francs, mon train ordinaire de vie reçut quelques fluctuations. Je dis *fluctuations* pour donner aux faits l'im-

11

portance qu'ils me semblent comporter. Chacun
de nous ne peut être un Vidocq, ou un Latude,
ou un Napoléon.

Mais parce que nos jours sont moins marqués
de faits saillants, moins agités en éclats de
chances ou de défaites dans nos désirs, notre
conscience, nos sentiments en sont-ils moins à
l'abri des affectations pour cela ?

Je sentis d'abord la nécessité de me créer un
intérieur, d'associer à cette vie que nous pas-
sons tous plus ou moins longuement, plus ou
moins gaiement, celle d'une personne jeune
comme moi, qui, par des sentiments d'amitié et
de dévouement, pourrait remplacer, présente-
ment et dans les temps à venir, ceux des miens
que je chérissais ou que j'aurais voulu chérir.

C'est sur ta mère que mon choix se porta. Je
n'en ai pas eu de regret ; excellente compagne,
tu sais combien elle est bonne mère !

Oui ! il me tardait de laisser la pension d'hôtel
ou de maison particulière ; j'y avais assez sacrifié de ma santé délicate.

Les soins qu'ont les pensionnaires sont évidemment en rapport à la somme dont ils dis-
posent. Or, en gagnant 2 fr. 50 à 3 francs par
jour, il ne faut pas être exigeant, il faut savoir
se passer de l'agréable, quand ce n'est pas même
de l'utile.

Des esprits simples pourraient m'objecter que s'il ne m'était pas possible de vivre seul, il me serait encore bien plus difficile d'atteindre ce but en compagnie, c'est-à-dire avec la femme, puis les enfants.

C'est un raisonnement commun, le commun errement.

Assurément il faut s'appliquer à mesurer à son faible budget ses ordinaires dépenses ; à l'amour du travail il est nécessaire de joindre la sobriété et la simplicité.

Lorsque le chef de famille ne fréquente pas le cabaret, un bonheur et une tranquillité relatifs existent à son foyer.

L'alcoolisme, qui ne le sait ? est le pire de tous les vices. En avilissant, il jette la déconsidération et chasse le respect. Il sème la division dans le ménage. C'est le facteur principal de la déchéance de la famille et de celles qui suivront, lorsque les enfants auront mûri dans les mauvais exemples qu'ils auront reçus dans leur enfance et leur adolescence.

Qui a pu encourager le pauvre à la débauche ? Dans leur observation psychologique, des écrivains comme MM. E. Drumont et G. Rouanet nous diraient, selon leur différente opinion, le premier que ce sont les juifs ; le second, les jésuites, qui sont cause de ce mal social.

Je penche à croire que ce mouvement est dû à l'encouragement d'égoïstes de toutes sectes, qui savent que pendant que le travailleur boit, il oublie ses intérêts, les abandonne à leur soif du lucre.

« Pendant que les enfants s'amusent, les nourrices ont bon temps, dit une triviale légende ».

Mais est-ce bien le vrai travailleur qui boit ? Trop souvent, hélas! il a la faiblesse de se laisser entraîner !

Quand donc verrons-nous tous les cabarets, tous les *caboulots*, ces établissements de sous-sols et de bas étage, aux plafonds noircis par la fumée de pipe ; tous ces *lupanars* responsables des mœurs dissolues de ce temps ; tous ces lieux de fomentation du vol et du crime que la police doit connaître, fermés à tout jamais pour cause de chômage, parce qu'ils n'auront plus de clientèle ?

Le mariage ne doit pas être un coup de tête destiné à satisfaire un caprice passager ; il est un des actes qui doivent être le plus mûrement réfléchis, par son caractère d'indissolubilité qu'il doit avoir dans l'esprit de toute personne sensée et honnête.

Combien peu il devrait être une affaire d'argent !

Pour les millionnaires qui peuvent se procurer des loisirs en dehors de leur foyer, libre à eux encore de penser autrement ; mais, pour le commun des mortels, nous voyons-nous enchaînés à jamais avec une personne qui nous déplairait supérieurement ? Que m'importe que cette personne ait quelque argent, si mon humeur est incompatible avec la sienne, si enfin je ne l'aime pas ?

Oh ! me dira-t-on, et la loi du divorce ?

Le divorce ! Quand je sens toute ma vie brisée ?

L'utilité de cette loi n'est pas contestable pour certains cas de criminalité. Son rôle devrait se borner là.

L'excès est mauvais en toutes choses, et la séparation de corps et de biens devait être suffisante pour certains cas, secondaires au demeurant, quoique sérieux.

Si des enfants étaient exposés à grandir sans recevoir les caresses d'un père ou d'une mère, leur place ne pouvait être prise au foyer paternel ou maternel comme aujourd'hui.

Que signifie un deuxième mariage survenu après un incident qui aura brisé le premier, si ce n'est d'envisager le troisième après avoir rompu le second ?

Nous vivions dans la tranquillité, ta mère à vaquer aux petits soins du ménage, moi à faire mon service du mieux que je pouvais, lorsqu'éclata tout à coup « l'épisode boulangiste ».

Un jeune général devenu ministre de la Guerre avait, par des mesures généreuses, su s'attirer de l'officier et du soldat une sympathie qui s'étendit dans toute la France. Sur le nom du général Boulanger il se fit, après son renvoi de l'armée, une sorte de plébiscite, qui amena sa condamnation avec celles de MM. le comte Dillon et Henri Rochefort, par la Haute Cour, c'est-à-dire le Sénat érigé en suprême justice.

D'après l'aveu d'un sénateur obscur, qui s'écriait dans un enthousiaste élan de crétine approbation, *qu'en politique il n'y a pas de justice*, ce procès fut, en effet, une faute, une sorte de parodie de justice.

Un procureur général, ambitieux sans doute, endossa la responsabilité, trop lourde pour un autre, de servir ce qui pourrait plus justement être appelé un attentat de la force contre le droit, le bon plaisir des gouvernants contre la volonté populaire : coup d'État qui, au lieu d'être fait comme celui de 1851 par un homme avec le peuple, le fut par des groupes d'hommes contre le peuple.

Cette comédie n'était aucunement nécessaire. Il eût été préférable d'écouter le mécontentement exprimé par ledit « peuple » au moyen du bul-

letin de vote, rechercher l'origine de ce mécontentement, le faire disparaître en accordant les
satisfactions possibles.

Le propre de tous les dominateurs, quels qu'ils
soient, est d'être sourds aux plaintes et avertis-
sements sincères qu'ils reçoivent, aux réclamations sages qui leur sont adressées, jusqu'à ce
qu'enfin s'effondre cette domination qu'aveugles,
volontaires ou non, ils croyaient durable, infinie.

Puisque le pacte social repose sur ce bulletin
de vote, pourquoi proclamera-t-on élu un « Jof-
frin » alors que ce sera un « Boulanger » que les
électeurs auront choisi ?

Violer ce pacte c'est donner libre cours à toutes
les représailles.

Oh ! je connais l'antienne : le général, qui ne
l'était plus, « travaillait », disaient ses adversaires,
pour le compte d'un prétendant quelconque : *un
Bonaparte* ou *un d'Orléans !*

Les soupçons penchaient pour ce dernier, cependant, attendu, disait-on, que les fonds étaient
fournis en grande partie par la duchesse d'U...
La preuve se trouverait-elle donc dans des suppositions ? Quand on veut tuer son chien on le
dit enragé. Une secte craignait en réalité que le
pouvoir lui échappât pour passer entre les mains
de cet homme faible, mais honnête jusque-là.
Voilà pourquoi elle se livrait aux injustices

habituelles de l'affolement, tant on se résigne avec peine à abandonner les biens dont on a joui.

Les indépendants, au contraire des adversaires, las de la stérilité gouvernementale des dernières années, saisissaient l'occasion pour sortir de leur somnolence de mécontentement, en mettant une confiance aveugle dans un homme qu'ils supposaient le champion des réformes tant attendues et qui ne sont pas encore venues.

Les événements ramenèrent la torpeur sur laquelle on a le tort de trop compter. Le besoin ne se satisfait pas avec des paroles et les menaces sont impuissantes contre le besoin. Ce calme relatif ne se fit pas non plus sans victimes.

Bien des fonctionnaires qui avaient manifesté leur confiance à cet homme perdirent leur situation.

Je me rappelle les petits agents de chemins de fer qui, sans être des fonctionnaires, furent déplacés ou révoqués pour lui avoir manifesté trop ouvertement leur sympathie. Exemple les histoires typiques suivantes :

Un garde-freins, sculpteur de son métier, conçoit de faire cadeau au général de sa statue équestre, en souvenir du légendaire cheval noir de la revue, dans le but d'obtenir plus facilement la protection pour son fils qu'il voudrait pouvoir faire faire son service militaire dans la ville qu'il habite, c'est-à-dire près de lui.

Il va porter son « œuvre » à Clermont, et il trouve à son retour : *son changement pour une autre gare*. Son désir devenait irréalisable.

Quelques jours plus tard, l'agent était blessé en service. Il ne le reprit pas.

Une dizaine de mille francs d'indemnité durent lui être versés.

Un jour mon chef de gare me demande :

— Êtes vous boulangiste ?

Quoique surpris, je réponds :

— Moi, boulangiste ? je n'en sais rien.

— Vous ne connaissez pas la nouvelle ? — reprend mon chef. — Voici : Tous les agents de la gare ont été signalés au directeur, par un rapport du commissaire de police, transmis par voie hiérarchique, c'est-à-dire sous-préfet, préfet, ministère de l'Intérieur, ministère des Travaux publics, comme étant « boulangistes », dont un nombre exact de 22, abonnés au journal *La Presse*. Êtes vous abonné à ce journal ?

— Point. Je lis tantôt l'une, tantôt l'autre des feuilles quotidiennes, mais mon opinion n'est attachée à aucune d'elles.

— Bien. Continuez, me dit-il, surtout ne lisez pas *La Presse*, *La Lanterne* ou *L'Intransigeant*.

Son enquête démontra qu'aucun employé

n'était abonné à aucun journal de la bibliothè-
que, que, de plus, le journal signalé n'était reçu
quotidiennement qu'à une dizaine d'exemplaires
qui, tous, étaient vendus aux voyageurs durant
le stationnement des trains.

Ce fait me suggéra néanmoins cette pensée
que, quoique en République nominalement, nous
n'y étions guère de fait, les persécutions monar-
chiques ou de l'Empire se renouvelant de plus
belle, sous le prétexte ridicule qu'il ne suffisait
pas de se dire républicain, mais qu'il fallait, en
outre, se montrer partisan de l'idée que repré-
sentait l'homme au pouvoir du moment. De là
le *floquetisme*, le *constansisme* et le *méli-
nisme*, etc., etc. De sorte que, s'il arrive qu'on
ne trouve pas tout pour le mieux dans la plus
mauvaise Constitution républicaine qu'un peuple
ait jamais eue, on doit être taxé d'esprit rétrograde par ceux-là même qui, s'engraissant à l'*as-
siette au beurre*, qui constitue l'un des plus
beaux joyaux de cette incomplète et imparfaite
République, ne voient pas la nécessité d'y rien
changer.

Sur nos pièces de monnaie, sur tous nos monuments publics on lit la plus belle, la plus noble
devise qu'on puisse imaginer quand elle exprime
la vérité : *Liberté, Égalité, Fraternité*.

En présence de certains faits, on est porté,

malgré soi, à se demander si ces mots ne veulent
pas dire autre chose que ce que nous avons compris :

Penser ce que bon nous semble et exprimer
hautement et librement cette pensée, lorsqu'elle
n'a pas vis-à-vis d'autrui pour but de le léser ;

Pouvoir obtenir justice pour quelque cause que
ce soit ;

Puis, en ne faisant pas aux autres ce que nous
ne voudrions pas qu'il nous fût fait, nous aimer
et nous entr'aider tous, au lieu de nous entredé-
chirer, de nous entredévorer.

Lorsqu'un peuple exprime sa volonté pour
une chose, sa préférence pour un homme, pourquoi une faction, sous le couvert d'un gouvernement qu'elle crée, fait-elle violence à cette volonté du peuple exprimée, la repousse-t-elle, la
punit-elle dans la personne de quelques-uns des
plus enthousiastes? Est-ce là ce qu'on appelle la
liberté de conscience? Non.

La liberté de conscience est dans la libre discussion de tous, la minorité devant s'incliner
devant la majorité.

Le respect de cette liberté, c'est Dom Pedro
déposant sa couronne pour laisser à un peuple
le droit de lui substituer la République, puisque
tel est son désir, au lieu de faire violence à cette
volonté.

Il est à croire que nos sens sont tellement troublés, faussés, à certains moments, que nous voyons juste ce qui est absolument injuste, à moins que nous ne soyons décidés, de parti pris, à proclamer justes, en le criant sur tous les tons, les actes qui nous sont dictés par notre cupidité et notre égoïsme, par la peur que nous avons d'être forcés de retrancher une partie infime de notre superflu.

XVII

Bon subalterne et bon camarade

Parmi les dangers de révocation les plus à redouter pour l'agent de chemin de fer, en dehors de celui politique qui est ridicule, idiot, stupide, il en est un que j'appellerai le trop de crânerie et de franchise, liberté d'allure due au sentiment du devoir largement accompli. J'ai déjà dit que le supérieur n'aime pas cela. Intelligence, zèle, dévouement, travail, honnèteté, délicatesse, sont pour beaucoup autant de mots vides de sens; ils ne voient complaisamment que fourberie, hypocrisie, flatterie.

A la première amende qui me fût infligée, je ne sus que dire. Je ne protestai pas pour une faute dont, en bonne justice, j'aurais dù être absous, la chose étant bien approfondie. J'avais cassé le dessus en marbre d'une table de nuit —

colis enregistré avec d'autres comme bagages — en la chargeant trop précipitamment dans le wagon-fourgon. En bonne justice, dis-je, il eût été bon de rechercher pourquoi cette précipitation. L'enquête aurait appris qu'ayant trop de besogne pour moi seul, j'avais voulu quand même ne pas retarder le train; d'où avarie. J'étais donc puni par excès de zèle.

Ma deuxième amende avait trait à un fait auquel j'étais absolument étranger. Je réclamai. Dans ma réclamation je faisais ressortir, par hasard et non à dessein, la légèreté de l'inspecteur, m'attribuant une faute due entièrement à mon collègue de la gare voisine. Les règlements sont à ce point élastiques qu'il y a presque toujours plusieurs punis pour une même faute; ceux directement responsables et ceux qui auraient dû arrêter, réparer l'erreur en cause.

Les termes polis de ma rédaction vexèrent mon inspecteur, parce qu'ils étaient empreints d'un ton de trop franche fermeté, parce qu'il s'en sentit atteint, étant donnée la façon dont il avait agi.

Comment! J'avais la prétention de me croire pourvu d'assez de jugement pour pouvoir contester ses arguments et je ne craignais pas de le faire, faisant fi de l'antipathie que cela pouvait m'occasionner de sa part? Nous verrions bien! Et il déclarait à mes camarades, en mon absence, dans le bureau où j'étais attaché provisoirement : « Il n'est pas fautif, mais il sera puni tout de même ! » Ce qui eut lieu, sans pour cela faire disparaître l'antipathie qu'il m'avait vouée.

Je reçus d'autre punitions imméritées par la suite que je supportai avec résignation. J'avais compris l'inutilité de lutter contre le principe hiérarchique.

La protestation atteindra presque à chaque fois le but contraire à celui envisagé par le protestataire.

Accepter une punition, lorsqu'elle est imméritée, sans protester, cela peine, parce qu'on craint une opinion défavorable de la part des supérieurs qui vous connaissent peu, à cause de la distance qui les sépare de vous. On craint une mauvaise impression de la part de ceux qui leur succèderont ; on réclame et aussitôt on est taxé d'indiscipliné, de grincheux, de mauvaise nature.

Longtemps après j'arrachai à mon inspecteur, dans une discussion verbale que nous eûmes au sujet du peu de faveurs dont j'étais gratifié et du défaut d'avancement, cet aveu : « Que voulez-« vous, je ferai tout ce que je pourrai pour que « vous n'ayez pas ce que vous désirez... à cause « de votre caractère ! »

D'un parti-pris semblable je pensai qu'il n'y avait plus rien à dire.

Le sort en était jeté, je n'avais plus qu'à attendre des jours meilleurs, très problématiques, parce qu'il avait agi, *manœuvré* contre moi de façon à me tenir parole, sans que « l'Administration supérieure » pût soupçonner son arrière-pensée.

Lorsqu'il recevait à propos de ses rapports des « camouflets » du genre de celui-ci : *Quel est l'auteur de ces inepties ?* il eût dû penser que je n'étais pas le seul à m'être aperçu de son inconséquence ou de sa bêtise, ni sans doute le seul à en souffrir.

Le mal fait reste fait toutefois, même lorsque, comme ce mécanicien qui fut réintégré à la suite de ses protestations et de ses menaces de poursuites judiciaires, après avoir été révoqué sur un rapport exagéré dudit inspecteur.

S'il est vrai, selon la devise du Basile de Beaumarchais, auquel j'ai déjà fait allusion, qu'en calomniant il en reste toujours quelque chose, il est non moins certain qu'avant d'écrire, comme l'a dit Boileau, il faut apprendre à penser, à réfléchir. Cela est d'autant plus à observer par ceux qui occupent des situations supérieures, parce qu'une fausse appréciation, un faux jugement de leur part peut briser l'avenir d'innocents.

Mon avancement ne fut certes par arrêté complètement, mais il a été enrayé à ce point que, malgré un service exemplaire, d'innombrables nullités m'ont passé par dessus la tête.

Inutile de supposer que mes réflexions soient dictées par l'amertume que j'ai dû ressentir de mes échecs, il n'en est absolument rien: habitué à la lutte — *lutte pour la vie* — c'est une simple constatation que je fais en passant.

Probe, sérieux, assidu à mon travail, respectueux de la discipline, bien qu'en certains cas elle soit intolérable par son exigence excessive, exagérée, en la mauvaise foi de quelques-uns chargés de la faire respecter, j'ai toujours été considéré comme un excellent agent par mes supérieurs; et, par mes collègues, comme un excellent ami.

On ne peut pas dénaturer entièrement la vérité.

Je pourrais non seulement énumérer mais reproduire des centaines de lettres à l'appui de mon dire. Je me contenterai, chère enfant, de t'en rapporter quelques-unes ; tu auras, d'ailleurs, la faculté de consulter les originaux.

A commencer par celle de mon premier chef de gare auquel j'adressai, n'étant plus sous ses ordres depuis longtemps, des remerciements pour les égards qu'il avait eus pour moi dans mes débuts. Sa réponse était ainsi conçue :

12

« En rendant justice à votre mérite, je n'ai fait
que mon devoir et rien de plus.

> « Bien à vous,
>
> « X... »

Je considère cette lettre comme un grand éloge
malgré sa brièveté, à cause du caractère de la personne qui l'a écrite. Homme franc, loyal, énergi-
que et bref, cet ancien sergent-major de zouaves
était un grand cœur. Un de ses subalternes se
livra sur lui à des voies de fait, un jour, dans
une discussion emportée ; il ne le signala pas par
crainte de trop affliger une famille en frappant
trop sévèrement son chef, ce malheureux, dans
son emportement, ayant, en effet, encouru la révocation.

Quant à mon deuxième chef de gare, voici en
quels termes il m'écrivait, lorsque je ne fus plus
sous ses ordres, après une dizaine d'années pas-
sées ensemble :

> « Mon cher X...,
>
> « J'ai remarqué que, d'après votre lettre, vous
> « étiez un peu découragé ; c'est à mon avis un
> « peu trop tôt. Évidemment, mon collègue ne
> « pouvait vous faire faire le service de sécurité
> « avant de savoir si réellement vous étiez à même
> « de pouvoir l'assurer et il devait avoir reçu

« des instructions à ce sujet de ses supérieurs.

« On vous passera un examen sur les règlements
« de sécurité ; je sais que vous êtes prêt à répon-
« dre. Je suis tout disposé à écrire un petit mot en
« votre faveur à M. H... qui, certainement, ne
« demanderait pas mieux que de m'être agréable.
« Mais, avant de lui écrire, je désirerais savoir si
« M. Y... connaît M. G... et s'il a pu lui écrire
« contre vous.

« Je sais que M. Y... connaît très bien un chef
« de gare de la ligne et je crois que c'est M. G...
« Pour en être plus sûr, vous pourriez me rensei-
« gner probablement. Le chef de gare que M. Y...
« connaît bien est un ancien chasseur, il s'occupe
« beaucoup à empailler les oiseaux, et, tout ré-
« cemment, il avait empaillé un chat-huant pour
« M. Y...

« Comme vous, je n'ai guère de nouvelles de
« notre ancienne résidence, surtout des nouvelles
« sûres.

« Pour moi, je commence à prendre mon parti
« en philosophe. Je perds actuellement un billet
« de mille francs environ par an, c'est dur après
« avoir travaillé vingt-et-un ans dans une Com-
« pagnie. Mais, mon cher, que voulez-vous, il
« faut attendre et espérer que l'avenir nous sera
« plus clément.

« Écrivez-moi bientôt et, en attendant, recevez

« pour vous et votre famille mes vœux de nouvel
« an, et croyez moi

« Votre dévoué,
« X... »

Quelques éclaircissements sont utiles au sujet
de cette lettre. Les deux personnages, Y... et G...,
étaient bien les deux supposés.

M. Y..., ex-subordonné, comme moi, de l'auteur de la lettre ci-dessus qui avait réussi, par
des dénigrements mensongers, à « couler »,
expression commune au chemin de fer, c'est-à-
dire « faire disgracier » notre chef, connaissait
mon dernier chef M. G..., ayant été sous ses
ordres ; de là la crainte que j'avais qu'il lui eût
écrit contre moi, puisque telle était son habitude,
et attendu que j'étais en excellents termes avec
celui qu'il avait si bien dénigré.

M. G..., mon nouveau chef, connaissait, en
effet, trop le fameux M. Y... Mais il ne voulut
jamais confier à d'autres qu'à moi cette vérité,
que M. Y... était un personnage « *peu recom-
mandable* ». C'est la seule chose que je ne pourrais prouver, aujourd'hui que M. G... est mort, à
moins que sa veuve voulût l'attester, car elle doit
le savoir.

Il suffisait donc, en haut lieu, des paroles men-
songères d'un individu quelconque, pour récom-

penser vingt-et-un ans de bons et loyaux services par une diminution annuelle de mille francs
sur le traitement d'un agent! Je n'en suis pas
étonné, personnellement, cela étant insignifiant
à côté d'autres faits que je connais.

Les dénigrements de mon personnage n'auraient donc pas pris auprès de mon nouveau
chef.

Pauvre cher homme! J'ai dit qu'il était mort.

Il s'éteignit, en effet, presque entre mes bras,
non en supérieur, en camarade, en ami, après
m'avoir fait la confidence de ses malheurs privés, celle aussi de ses déboires administratifs,
regrettant bien fort de n'avoir fait plus tôt ma
rencontre.

Les lettres d'amis ne sont pas moins suggesti-
ves que celles de supérieurs.

En voici une, écrite par un camarade d'enfance :

     « Mon cher ami,

« Je viens d'apprendre de ton père que tu vas
« venir bientôt nous honorer de ta présence. Je
« serai bien content de pouvoir m'entretenir avec
« toi et de te remercier de vive voix des démar-
« ches que tu m'as indiquées de faire.

« J'ai terminé mon engagement annuel de do-
« mestique et je veux tâcher de me débrouiller à

« obtenir quelque emploi demandant moins de
« capacité matérielle. Je compte toujours sur tes
« sages avis et tes bonnes indications.

« Je m'arrête là, de ces affaires de service et
« de ces choses personnelles, qui doivent beau-
« coup t'agacer l'esprit en les lisant.

« Depuis ma dernière lettre, la campagne est
« bien changée ! Les foins d'abord, ces herbes
« aux fleurs multicolores, sont tombés sous la
« faulx des robustes faucheurs, puis la dessica-
« tion s'est opérée sur la fourche des jeunes fa-
« neuses... Puis est venue la moisson des épis
« dorés par les ardeurs du soleil. Aux chants
« joyeux des moissonneurs, les blés sont tom-
« bés sur les sillons et bientôt les véhicules sont
« rentrés, chargés de belles gerbes, dans les
« granges... La campagne ! Quoi de plus beau
« pour l'admirateur !

« Mais, quelle n'est pas aussi la souffrance
« de celui qui, contraint à faire les rudes tra-
« vaux des champs, ne sent plus son esprit s'en-
« voler dans un tas de paperasses ou plutôt de
« feuilles utiles où son intelligence est à son
« aise...

« Si l'intelligence s'obscurcit un peu à la cam-
« pagne, c'est par suite du trop de travaux, et
« vraiment il y a de quoi pleurer de ne pouvoir
« se sortir vivement de domestique lorsqu'on

« est capable d'occuper un poste plus élevé, de
« rester au dernier rang de la société lorsqu'on
« pourrait être classé dans le secondaire...

« Honneur aux travailleurs des champs, heu-
« reux les propriétaires, mais grâce aux intelli-
« gences cultivées qui souffrent dans ces champs
« tout ce qui est toléré de faire souffrir au der-
« nier esclave !

« Pardonne, ami, à mes inspirations, crois-toi
« heureux au milieu de ce que tu as su mériter
« et crois que si je puis réussir un jour à obtenir
« ce que je désire, te prenant pour modèle, je
« suivrai droit le chemin du devoir avec dou-
« ceur et fermeté.

« Adieu, très cher ami, à bientôt.

« X... »

Malgré son ton un peu emphatique, mon ami
rappelle qu'il n'est pas une situation déplorable
à laquelle il ne puisse en être comparée une autre
plus déplorable encore. Il doit y avoir une li-
mite pourtant, dira-t-on. Oui, elle apparaît parfois dans le suicide, quand ce n'est pas malheureusement le crime ! ce qu'aucun dirigeant de la
société ne saurait admettre.

Voici ce que me répondait un ex-chef de bureau, qui fut plutôt un camarade, auquel j'avais
demandé quelques renseignements :

« Cher monsieur,

« J'ai été très heureux que vous ayez bien
« voulu vous souvenir de nos bons rapports
« passés, et si je n'ai répondu plus tôt à votre
« aimable lettre, c'est que les renseignements
« me faisaient défaut. Je dois vous avouer, et je
« le préfère pour ne pas vous entretenir dans de
« vaines espérances, que votre demande a peu ou
« point de réussite. Votre Compagnie a cela de
« commun avec les autres qu'elle est obsédée de
« demandes. Seuls, ceux qui sont *fortement*
« *appuyés* peuvent espérer à l'heure actuelle
« un changement de situation. J'ai vivement re-
« gretté de ne pouvoir vous appuyer sérieuse-
« ment auprès de votre Compagnie, mais mes
« rapports administratifs sont nuls, il ne me
« reste que ceux de la camaraderie, et soyez sûr
« que je n'ai rien négligé pour vous être utile ou
« agréable ; malheureusement, comme j'ai déjà
« eu le regret de vous le dire, toute ma bonne
« volonté n'a pu vaincre l'obstacle.

« Recevez, cher monsieur, l'assurance de mes
« meilleurs sentiments.

« X... »

En dehors de la valeur intrinsèque que je lui
attribue pour la chose spéciale à laquelle je l'emploie, cette lettre contient une vérité : « Une

heure de protection vaut mieux que dix ans de bons services. »

D'un vieil agent, parti en retraite, avec lequel j'avais passé quelques années :

« Cher monsieur J...,

« Par votre carte de visite, que vous eûtes la
« bonté de m'adresser vers le commencement de
« l'année, vous m'avez prouvé votre affection ;
« aussi je vous en suis reconnaissant. Lorsque
« je partis de X..., ce fut avec la ferme conviction
« de retourner quelque temps après chercher ma
« famille et mon mobilier, et, en même temps,
« faire les adieux aux amis, mais, *bonjour Luc !*
« La phase des affaires en décida tout autre-
« ment et, à mon grand regret, il fallut s'y sou-
« mettre, vu la nécessité de ma présence auprès
« de mon cousin, alors souvent malade. Je vous
« dirai, mon cher, que j'eus fort à faire et pas mal
« à payer pour mettre ordre à la maison. Je dus
« d'abord faire refaire à neuf une chambre qui
« n'était qu'un débarras, pour nous y loger et y
« installer notre mobilier. . . . .
« L'hiver passé, à la reprise des travaux,
« comme je ne voulais pas, ainsi que ma femme,
« travailler comme des mercenaires, je pris un
« domestique et une servante pour nous aider à
« travailler le bien et, de cette façon (j'ai payé

« un peu cher, c'est vrai), cela m'a procuré au
« moins le plaisir d'aller faire quelques tournées
« de chasse et quelques promenades. Tout n'est
« pas rose, non plus, dans le travail de l'agri-
« culture, le sol ne produit pas suivant la conte-
« nance de terre et la dépense pour les engrais ;
« mais nous avons eu, cependant, cette année,
« exceptionnellement aux années précédentes,
« une assez bonne récolte.....

« Maintenant que je vous ai mis au courant de
« ma situation, je vous prie de me fournir quel-
« ques renseignements sur l'état de votre santé
« principalement et ainsi que de celle de votre
« famille. Je vous prie de faire bien des compli-
« ments de ma part au personnel P. V., G. V.,
« Mouvement, etc. En un mot à tous ceux avec
« lesquels je vivais en bonne intelligence. Et, à
« vous, mon cher, une cordiale poignée de main.

                              « Votre ami,
                                 « X... »

Du genre de celle-ci, qu'il me suffise de te
dire, chère enfant, que j'en ai reçu un très grand
nombre, aussi m'arrête-je là de mes citations
dont la forme littéraire deviendrait plutôt las-
sante :

« Mon cher ami,

« Dire que j'ose vous appeler ainsi alors que je
« prends plus d'un mois pour vous écrire un mé-
« chant morceau de lettre. Pardonnez ma négli-
« gence qui augmente à mesure que je vieillis.
« Ce n'est pas que je vous oublie, car, presque
« tous les jours, nous parlons quelque peu de
« vous avec nos amis communs et, si nous
« n'étions gênés par votre *fameux* successeur
« qui n'est pas tout à fait de notre avis, nous
« en causerions encore davantage et plus à
« notre aise, surtout de nos convictions com-
« munes.

« C'est pour vous dire que notre amitié ne vous
« fait pas défaut. Quelques-uns ont *tourné leur*
« *veste*, mais ils sont peu nombreux et ce n'est
« pas la *crème*.

« D .. et quelques autres, notamment des net-
« toyeurs, ont été avisés que, prochainement, ils
« ne feront plus partie du syndicat.

« Sans vous citer des noms, tous les amis vous
« souhaitent le bonjour, M. et Mme L... aussi et,
« dans notre réunion, après le Congrès, tous les
« camarades présents ont accueilli avec le plus
« grand plaisir la proposition d'une réunion
« extraordinaire en votre honneur.

« Mon cher J..., croyez à ma sincère amitié,
« pardonnez-moi ma négligence trop grande, et

« acceptez, ainsi que les vôtres, ma plus cordiale
« poignée de mains.

   « Votre camarade et ami qui vous regrette,

                                    « X... »

   Les sentiments affectueux de mes collègues et
camarades, dont cette lettre était l'écho, prove-
naient des conseils de modération et de sagesse,
quoique de fermeté, d'union et de persévérance
que je leur donnais de vive voix. Ils comprenaient
le bon sens de mon raisonnement, l'honnête portée qu'il pouvait avoir.

XVIII

Enrôlement syndical

Il n'est rien de plus déplorable que de payer de sa vie le dévouement pour le service confié sans profit, bien au contraire, pour ceux des siens qu'on laisse. J'ai vu quelques-uns de ces cas. Pour un accident de ce genre, je fus même chargé, avec des collègues, de transporter le mourant, de l'hospice où il avait été transféré tout d'abord, à son domicile, où l'attendait une famille d'autant plus éplorée qu'elle restait sans aucune ressource.

Je vois encore la veuve enlaçant désespérément le décédé, et avec un regard de bête fauve blessée mortellement, lançant des imprécations lar-moyantes de haine contre le meurtrier inconnu. Je vois la fille, les cheveux épars, telle l'Élégie du poète, versant des torrents de larmes dans des.

sanglots et des cris émouvants, sur celui qui fut son père !

Ces choses-là crèvent le cœur !

Et à l'amertume du moment vient s'ajouter celle de penser qu'un marchandage va avoir lieu sur la valeur passée de celui qui n'est plus !

Il faut rendre cette justice aux tribunaux ; il est vrai que, presque tous, condamnent les Compagnies à des dommages-intérêts, bien qu'à mon avis les jugements soient trop anodins, pas assez sévères, les indemnisés étant obligés d'attendre un trop long temps le règlement de ces sortes d'affaires. L'indemnité allouée devrait être d'autant plus forte qu'il y a de temps que l'affaire est en suspens et l'indemnisé devrait être exempt de tous frais judiciaires et autres, huissier, avoué, avocat, etc., etc.

Quelle appellation est-il possible de donner à ceux qui ont le courage de disputer le pain à la famille, après lui avoir enlevé son meilleur, son principal soutien ? Et, parce qu'ils se cachent sous l'anonymat, en doivent-ils être moins atteints ?

La deuxième douleur que je vis en la personne d'une veuve, deux heures après le déjeuner commun avec son mari et ses enfants, ne me produisit pas une moins douloureuse impression. Elle fut à ce point stupéfaite, en apprenant la triste nouvelle du malheur qui la frappait, qu'elle ne put prononcer une seule parole. Elle était subitement tombée à deux doigts de l'idiotie, de la folie.

Ce ne fut qu'au bout de quelques instants de ressaisissement, qu'ébranlant sa torpeur et mesurant l'étendue de son malheur, elle fondait en larmes en songeant à ses cinq enfants. J'ai été témoin oculaire de beaucoup d'autres de ces accidents depuis ; toujours le même sombre tableau, toujours le malheur frappant presqu'invariablement les ménages nombreux, unis et heureux.

Ces ménages généralement pauvres — il n'en est guère autrement dans les grades inférieurs — sont tout de suite contraints aux privations et aux misères dès que le chef de famille disparaît.

Les Compagnies le savent et ce sont ces misères qu'elles escomptent pour l'acceptation de leurs offres décevantes. Et il faut bien le dire : elles réussissent quelquefois ? Elles réussissaient plus facilement encore naguère. Elles réussiront moins à l'avenir.

L'avenir plein de menaces pour les expédients, ouvre ses portes toutes grandes à la vérité, à la raison humanitaire, à la justice, en poursuivant du fouet vengeur de l'opinion publique tous les exploiteurs !

Des députés n'ont-ils pas déjà proposé à la

Chambre de rendre responsables des accidents le directeur et les administrateurs des Compagnies de chemins de fer, ce qui serait trop juste ? C'est au moins un écho de l'opinion publique en attendant la réalisation.

L'entrepreneur de transports par charrette n'est-il pas responsable des accidents que peut occasionner le charretier qu'il emploie ?

Les accidents que je cite sont-ils encore de ces accidents isolés, inévitables, presque des nécessités de métier ; mais que dire lorsqu'il s'agit de catastrophes du genre de celles de Saint-Mandé, Appilly et autres points ?

En ce qui concerne les serviteurs, il y a aujourd'hui la loi des accidents qui touche aussi bien l'industrie des chemins de fer que les autres; nous verrons ce que la pratique en sera.

J'ai dit comment j'avais appris que mon avancement serait enrayé autant que possible, de par la volonté d'un homme dont j'avais contrarié l'orgueilleux jugement d'abord, puis plus tard et plus sérieusement pour « fait syndical ».

Les réponses écrites ne ressemblaient évidemment en rien à cela. Aucune allusion n'y était faite. Le propre des administrations de chemins de fer est de répondre hypocritement, pour non moins hypocritement, vite se disculper au besoin. Aujourd'hui le système est plus simple et

le moyen plus commode. *On répond verbale-
ment.* De cette façon le jeu des petits papiers
devient impossible, et tel qui aura été reconnu
apte aujourd'hui pour un poste, pourra ne pas
l'être demain. Il n'y aura pas contradiction. Ainsi
dans un réseau, dont le directeur, autocrate sans
contrôle, puisqu'il peut briser impunément, lui
seul, l'avenir de n'importe lequel de ses subordonnés, on a pris la décision de n'accorder d'avancement, *de grade au moins*, qu'à des agents figu-
rant à un soi-disant tableau sous une forme de
choix double ; un agent étant en très bonne position durant une année, peut-être ajourné indéfiniment les années suivantes. Duperie, tromperie,
tant que l'avancement ne s'obtiendra pas purement et simplement par l'ancienneté !

Le tableau d'avancement est, pratiquement, la
porte ouverte à toutes les injustices, comme s'il
n'existait pas ! D'ailleurs on s'est abstenu, dans
les premiers temps, de le communiquer librement
au personnel, de crainte qu'il fît des comparaisons
édifiantes, trop critiquables. Ce dernier détail a
lieu quand même.

Lorsqu'en deux ou trois rares occasions je for-
mulai des demandes, voici le genre de poulets
qu'on me servit :

« Monsieur J...,

« Par votre lettre du   courant vous avez.
« sollicité l'emploi de...

« J'ai le regret de vous faire connaître qu'il ne
« m'est pas possible en ce moment de faire droit
« à cette demande, l'examen qui vous a été passé
« n'étant pas suffisant, l'hésitation dans vos ré-
« ponses ne permettant pas de vous confier un
« service de sécurité. »

Quelques jours auparavant, un homme jeune,
auquel j'avais donné les premières notions du
service, avait été promu, étant beaucoup plus
faible sur les règlements que moi, bien que je ne
fusse pas un aigle. Cet homme était nommé sur
une recommandation favorable, et moi, j'avais le
tort d'avoir semblé vouloir forcer la main de mes
supérieurs.

Puis ce fût un autre, puis un troisième, un
quatrième et ainsi de suite. Je n'invente rien. Le
nom de ces agents est à l'heure actuelle sur mes
lèvres, avec bien d'autres que j'ai connus, dont
l'intelligence et les capacités étaient fort au dessous de la moyenne.

Nous arrivions au moment où le mécontentement du personnel, causé par les exactions de
supérieurs maladroits et mauvais, autant qu'é-
goïstes, par des passe-droits de tous genres, allait
se révéler bruyamment sous les bannières syn-

dicales, trop bruyamment même parfois, les plus clairvoyants ne pouvant pas toujours contenir l'indignation de leurs camarades.

Après ce spontané enrôlement syndical, dans lequel, je l'ai dit, je vins un des derniers, à la suite de l'agitation qui s'en suivit et selon les dénigrements mensongers du personnage dont j'ai parlé en le désignant par Y..., la Compagnie n'hésitait pas à me confier un poste de sécurité sans aucun examen préalable, dans le principal but de m'éloigner de mes camarades sur lesquels on me supposait avoir quelque ascendant, d'encourager à la révolte, et, dans le dessein sans doute de se débarrasser du terrible *meneur* qu'on soupçonnait en moi, par la révocation, à défaut d'autre moyen, à la moindre faute sérieuse en apparence seulement, que je ne pourrais manquer de faire sur le service de sécurité, à moins que la mort ne vînt par hasard enlever ce *gêneur* qui ne pourrait faire longtemps un service si dur, si pénible, que d'autrement robustes avaient été contraints d'abandonner.

Je trompai là encore toutes les prévisions, mais avant de dire comment je le fis sentir, voici quel fut mon rôle syndical.

A la première réunion du groupe dont je fis partie et à laquelle j'assistai, je déclarai mon adhésion faite dans cet ordre d'idées :

On cherche, disais-je, à faire entendre à nos administrateurs que nous sommes une horde de rebelles, bons tout simplement à être knoutés, que nous avons des idées de révolte, d'indiscipline, et que, si cette façon de faire était tolérée trop longtemps, la bonne marche du service serait impossible.

Cela est une vile calomnie. Mais quels sont donc ceux qui ont intérêt à induire ainsi en erreur tout le monde, et nous et nos industriels-maîtres ? La réponse est des plus faciles : tout simplement ceux qui redoutent y perdre dans un changement quel qu'il soit.

Je crois être l'interprète de tous les camarades en affirmant que nous ne voulons, nous ne poursuivons autre chose que la bonne entente, la modération poussée à l'excès, mais que nous cherchons à faire disparaître toute fiction de l'équité, fiction voilée par les dehors d'une bonhomie qui devient ainsi criminelle. Nous voulons le respect de tout le monde, de nos supérieurs particulièrement, qui semblent un peu trop oublier depuis longtemps que cette particularité nous est due en échange de ce qu'ils exigent de nous. Il s'agit, on l'a compris, des supérieurs-inférieurs surtout, qui ne se gênent guère pour user d'insinuations blessantes ou malveillantes à notre égard. Ah ! nous sommes des écervelés courant à la révolte !

Non !

Que nous importent d'ailleurs toutes ces insinuations quelles qu'elles soient ?

Nous ne voulons pas des moyens extrêmes, nous voulons éviter toutes les armes à deux tranchants. Nous voulons user du droit que la loi nous confère, modérément toujours, fermement. Nous voulons enfin que l'on reconnaisse que nous ne sommes qu'en partie récompensés de nos nombreux mérites. Voilà, je pense, qui est précis.

La plupart d'entre nous ont abandonné un travail dont le machinisme amoindrissait le rapport, s'il ne le détruisait pas complètement, allant dans des industries diverses où ils pensaient y rencontrer un avantage. La plus vaste de ces industries est sans contredit celle des chemins de fer. Et si, malgré la disparité de nos professions, nous en composons une vaste où toutes trouvent à s'employer, cela prouve que nous sommes plus intelligents que l'on veut bien dire.

Presque tous nous sommes des pères de famille ayant la pauvreté et la probité en partage ; tous nous avons souci de notre avenir, comment nous pourrons avoir le morceau de pain de vieillesse ou à la suite d'un accident nous mettant dans l'incapacité de travail, et c'est pour cela

que nous demandons une retraite proportionnelle après un temps déterminé. C'est pour cela
que nous voulons une retraite définitive après
une durée fixe de temps. C'est pour servir plus
efficacement nos employeurs que nous demandons une répartition plus équitable des salaires
et des récompenses. Il faudra bien que l'on reconnaisse enfin que si l'ingénieur est la tête
d'une industrie, la tête ne peut rien faire sans
les bras et qu'à chaque effort il faut une récompense, disproportion excessive écartée. Si l'un a
acquis l'instruction suffisante pour résoudre des
problèmes, il faut du dévouement, presque du
génie aux autres pour les mettre à exécution.

Le danger que le syndicat, dit *national,* parce
qu'il comprenait des agents de tous les réseaux
dont les adhésions étaient évaluées à environ
quatre-vingt mille, faisait courir à la bourse
des actionnaires des Compagnies et de leurs
hauts gradés d'une part ; à la situation des administrateurs et des hauts gradés du réseau de
l'Etat d'autre part, fut le signal de la guerre
sourde des *coups d'épingle* et des *coupes sombres.*

Nul ne saura jamais la quantité d'agents qui
furent révoqués ou disgraciés, non directement
pour ce motif, mais dont la vraie raison remon-
tait à lui.

Quels moyens ne furent-ils pas employés pour chasser ceux appelés *militants*; probablement parce que *intelligents*? Les agaceries et les vexations, qui sont si habilement employées lorsqu'il s'agit de congédier un vieux serviteur auquel on veut éviter de servir une pension de retraite, se multiplièrent, redoublant de raffinement.

Que faisions-nous donc de si révolutionnaire? Je viens de le reproduire. Nous demandions aux Compagnies, à nos hauts supérieurs, de vouloir bien condescendre jusqu'à étudier avec nous le moyen de nous donner une retraite qui ne fût pas un leurre.

En attendant cette retraite complète et comme garantie des services rendus, nous en sollicitions une proportionnelle, établie sur les mêmes bases que celles des sous-officiers et des gendarmes. Enfin nous réclamions des salaires suffisants pour nous faire vivre, nous et nos familles. Tout cela franchement, légalement, conformément à la loi de 1884 sur les syndicats professionnels.

Plus d'un des nôtres fut victime en la circonstance du charlatanisme parlementaire qui, pour les rares lois qu'il arrive, clopin-clopant, à élaborer en faveur du travailleur, se retourne contre les intérêts de ce même travailleur, par leur fausse sanction ou à défaut d'elle.

Voici ce que je disais de cette loi dix ans après son adoption.

Sans examiner trop rétrospectivement les faits économiques et politiques qui se rapportent à toute la classe ouvrière de France, il nous apparaît que, depuis 1884 seulement, les hommes au pouvoir — Parlement compris — l'ont engagée dans une longue suite de traquenards affamants allant aboutir à une très humble résignation ou à un suicide moral certain.

A cette époque, en effet, une transformation qui s'était annoncée déjà s'affimrait dans les opinions ; un jugement de faits, d'actes, absolument contraire à celui que préconisaient les cabotins politiques, confondus avec les hommes sérieux qu'ils dominaient, se manifestaient à ce point qu'il parut utile à ceux-ci d'enrayer cette évolution vigoureuse par quelque apparente satisfaction.

Mais il s'agissait de trouver quelque chose de plus diplomatique et de plus libéral que les autorisations tacites des réunions sous l'Empire.

La loi sur les syndicats fut alors imaginée.

Loin d'en incriminer son auteur, qui eut certainement une intention louable lorsqu'il en eut la conception, cette loi, avec son défaut de sanction et les quelques articles qui s'y glissèrent

pendant la discussion, constitue le plus redou-
table et le plus criminel d'entre tous les pièges
tendus jusqu'ici à la classe ouvrière.

Ainsi, par exemple, les catégories de travailleurs qui ont le droit d'en user n'y sont point
spécifiées, de telle sorte que les gouvernants ont
toute latitude pour prendre le prétexte qui leur
convient et quand il leur plaît, afin d'opposer
leur interdiction, ainsi que cela se vît naguère
pour quelques catégories de fonctionnaires. De
cela d'ailleurs ceux-ci durent s'en trouver satisfaits, ce fut pour eux presque une sauvegarde.

Mieux vaut donc ne pouvoir pas se syndiquer
que de n'avoir aucune espèce de garantie à ce
droit, si ce n'est celle d'être compris parmi les
victimes des *coupes sombres.*

La dextérité mise en usage par les sociétés
capitalistes pour leur système d'élimination
prouve plutôt le service que cette loi peut leur
rendre en leur faisant connaître les opinions d'indépendance de leurs serviteurs, mieux que ne le
ferait toute une armée d'agents secrets attachés
au ministère de l'Intérieur pour leur service.

Eh quoi! vous font-ils crier sur tous les tons
par une presse mercantile, nous ne contestons
pas à nos ouvriers et employés le droit de se
grouper et nous ne les chassons pas pour ce
motif!

Ils ne peuvent l'avouer, évidemment, ce motif, car il ne leur servirait plus guère longtemps, les victimes devant logiquement demander bien vite la suppression de ce qui fait leur perte, ou chercher tout au moins à l'éviter.

Connaissant entièrement leur monde, ils font naître des motifs par milliers contre celui qui, trop clairvoyant, devient, en éclairant les autres, une gêne à leur but, à leur dessein.

XIX

Economies des Compagnies

Examinons maintenant jusqu'à quel point les compagnies s'inspirèrent des doléances de leur personnel.

Aux demandes d'augmentations de salaires, on répondit en remplaçant les hommes par des femmes.

Les agents cherchèrent à combattre cette mesure qui leur était des plus préjudiciables, en demandant le même salaire pour la femme que pour l'homme.

Personnellement, voici comment j'en parlai :

J'ai lu dans un journal une causerie ayant trait à l'emploi des femmes dans les administrations publiques. Il m'est arrivé de parler de l'occupation de la femme, mais plus hardi que l'au-

teur de l'article dudit journal, je m'étais nettement prononcé contre ce système.

Dans la situation actuelle, il n'est pas besoin
de beaucoup de perspicacité pour définir si c'est
un bien ou si c'est un mal.

Le gain de la femme, au dehors, ne compense
jamais, en général, la perte causée par son absence du foyer. Dans un ménage, en effet, l'occupation de la femme ne procure .pas de subsides
suffisants. L'homme est donc obligé de se créer
une occupation de son côté, et, s'il y a des enfants, qui veillera sur eux? Qui les éduquera?
Qui présidera à l'entretien du ménage ?

Les deux chefs de famille appelés chacun de
leur côté par un travail continuel, c'est pour les
ménages prospères eux-mêmes une sorte d'anar-
chie, la désorganisation complète, la démoralisation souvent.

Je ne suis pas ennemi de l'émancipation de la
femme, avec quelques réserves cependant.

En lui donnant une fonction où elle végétera,
alors que cette même fonction confiée à un chef
de famille, avec des appointements plus élevés,
suffirait pour toute la maison, on porte une
atteinte grave à l'équilibre social. En admettant
la femme parmi leur personnel, les grandes administrations n'ont pas pour but l'amélioration
de son sort, mais bien la cupidité, l'appât du

gain, quand ce ne sont pas des raisons encore
moins avouables : un fond de paillardise suffisamment connu de tous.

Plaintes et gémissements sont poussés sans
cesse, par toute la gent marquante de notre cher
pays, sur la dépopulation qui va toujours croissant.

Il n'est peut-être pas un seul écrivain, poète,
publiciste ou autre, qui n'ait émis une opinion
là-dessus.

Chaque jour les célébrités modernes.donnent
quelque remède impraticable à ce mal très inquié-
tant. Tout ce qui se dit savant n'en dort pas et
l'Académie française elle-même en sera bientôt
aux abois.

Qu'allons-nous devenir? Comment, dans un
délai qui n'est pas très éloigné, pourrons-nous
faire face à la *Triplice*? Comment pourrons-nous
seulement opposer une force de résistance raisonnable, même à l'empire de la *tache d'huile*
seul? En Allemagne, la population augmente
dans une telle proportion, que ce pays extraordi-
nairement tenace en toutes choses peut avec
plaisir encourager, faciliter l'émigration de plusieurs milliers d'individus. Nous en hébergeons,
nous, la plus grande partie. Quelques lamenta-
tions de plus ou de moins ne résolvent pas le
problème qui reste debout, assez inflexible :

trouver la cause, atténuer les effets en attendant qu'on puisse les détruire. C'est assez difficile.

Comment pourvoir aux besoins de toute une famille quand on ne peut vivre seul ?

L'accessibilité des femmes à toutes sortes d'emplois condamne bien des hommes à un désœuvrement forcé qui les empêche, tout au moins, à épouser, à avoir une famille.

En dehors de cet obstacle, l'empêchement de l'augmentation de la population, il y a d'autres principes guère moins importants ; celui-ci notamment : l'abaissement du taux de la main-d'œuvre résultant d'une pareille concurrence, abaissement qui occasionne une sorte d'exploitation de la majorité humaine par une minorité.

Et puis la femme elle-même ne gagnant pas assez pour pourvoir à ses besoins — célibataire, s'entend — n'est-elle pas obligée de s'adresser à d'autres travaux, de céder à des offres dégradantes que ceux chargés de la contrôler savent si bien faire aboutir. Ce n'est pas là ce qui fera augmenter la population, les malheureuses ayant recours, en assez grand nombre, à la *faiseuse d'anges* ou à l'*ovariotomiste*, comme le dit Dubut de Laforest, et, le plus souvent, elles en meurent.

Je ne suis pas opposé au travail de la femme dans une juste proportion, mais à condition que son salaire soit égal à celui de l'homme, en les surélevant ensemble du taux actuel.

C'est de toute nécessité.

D'ailleurs, un homme assez rétribué ne sera pas en peine de pourvoir au besoin de sa famille, qui prospérera en qualité et en dignité.

Je ne saurais changer d'opinion.

Qui ne voit dans ce système de la soi-disant émancipation de la femme, une des causes de la dépopulation nationale et de sa démoralisation?

Si la place du chef de famille est occupée par une jeune fille ou une femme, que deviendra cet homme, seul ou avec sa famille? Ainsi que nous le voyons dans la presse, sous la rubrique « faits divers », deux hypothèses se présentent en perspective, toujours les mêmes : crime ou suicide, comme la famille Hayem.

Nos législateurs sont donc atteints de myopie pour ne pas voir cela, où ne veulent-ils point y croire malgré l'évidence ?

Aux plaintes de surmenage formulées par les agents, les Compagnies répondirent en supprimant, par voie d'extinction et de mutations, une grande partie des grades inférieurs, se gardant bien de toucher aux grades supérieurs, à moins que ce ne fût pour des augmentations d'emplois ou de traitements.

J'ai dit comment certains « diplômés » étaient

surtout aptes en l'habileté de se faire octroyer de gros émoluments au détriment de ceux qui produisent réellement.

Dans chaque « métier », il y a, en effet, un côté pratique d'une plus grande importance que celle qu'on consent à lui attribuer et qu'on reporte, bien à tort, sur le côté théorique.

C'est à cette cause que sont dus les déficits progressifs des Compagnies de chemins de fer.

Évidemment, il ne s'agit pas d'aller d'une extrémité à l'autre, c'est-à-dire donner une direction, investir de l'autorité du commandement des esprits obtus, sans jugement aucun, sans intelligence naturelle, des brutes, comme cela a lieu fréquemment pour les postes secondaires du commandement.

Quel ne doit pas être l'ahurissement des administrateurs et actionnaires en constatant que, malgré les soi-disant économies réalisées sur le petit personnel, les bénéfices diminuent, les dettes s'accroissent par conséquent à tel point que, comme nous savons, plusieurs réseaux, dont le Midi et l'Ouest tout les premiers, sont contraints de passer la main à l'État providence ?

Nous pensions peut-être que, dès qu'ils s'en apercevraient, ils s'empresseraient de changer ce triste mode d'administrer. Erreur ! On ne touche pas aux *diplômés* tous solidaires dans leur esprit de secte, disposés à tout, plutôt que de reconnaître leur incapacité ou s'avouer leur mauvaise foi.

Ainsi un naufragé qui se débat en désespéré, n'apercevant pas la perche qu'une main secoureuse lui tend pour le sauver.

La main secoureuse en l'occurence, ce sont les agents inférieurs qui ont les premiers jeté le cri d'alarme parce que vivement, inhumainement atteints.

Que signifie cette diminution du personnel à outrance? Par contre, ce surmenage excessif et inhumain, donc? Il ne s'agit pas de dire aux hommes politiques, au Parlement :

Autrefois les émoluments du personnel s'élevaient à tant de millions, tandis qu'aujourd'hui ce chiffre s'élève à tant de millions de plus. Il s'agit de dire, preuves en mains, où passent réellement ces millions. Les agents inférieurs assurent que ce sont les agents supérieurs qui les absorbent ; à ceux-ci de démontrer le contraire.

Je pourrais citer tel réseau, justement celui où ces faits n'auraient pas dû se produire, qui, dès le moment où le mouvement syndical se produisit, en créant des emplois de chefs de toutes sortes, sous-inspecteurs, inspecteurs, ingénieurs-adjoints et autres, etc., etc., en créant, en un mot, des postes supérieurs, on désignait dans les gares,

14

sous le nom d'équipes volantes, un certain nombre
d'hommes d'équipe pour faire éventuellement le
service des trains, le nombre de conducteurs
étant insuffisant.

Que signifient ces traitements brutaux de chefs
déguisés en garde-chiourme ?

Ces chinoiseries de retraites promises et jamais payées, sauf à quelque rare bête de somme
atteignant, malgré tout, les extrêmes limites de la
vieillesse ?

Cette restriction en toutes choses les plus indispensables ?

Economies de bouts de chandelles! Tout cela
pour la seule satisfaction du mal fait.

Où sont, en effet, les avantages ?

En dehors de l'accroissement des emplois supérieurs, les subventions à une certaine presse
et aux politiciens dont on redoute l'influence sont
de plus en plus grandissantes et les indemnités
prennent des proportions effroyables!

Ce sont des moyens de persuasion qui deviennent onéreux. Non pas que j'entende que les élus
soient accessibles à la vénalité; mais parce que
leur opinion, leur savoir en ces sortes de choses
se forment par la lecture des journaux et que,
malheureusement, ceux-ci ne poussent pas tous
l'intégrité jusqu'à fermer leurs oreilles à certaines
avances, certaines complaisances comme celle de

la gratuité des voyages, dont *tout rédacteur, ou se disant tel, de n'importe quelle « feuille » de France, profite au moyen de permis de première classe, offerts* GRACIEUSEMENT *par toutes les Compagnies de chemins de fer.*

Abstraction faite des détournements toujours coupables, des colis avariés à dessein, par quelques agents à l'esprit irréfléchi, au mécontentement extrême et aveugle, la quantité des colis en retard, perdus par fausses directions ou avariés, est inquiétante, proportionnellement au nombre confié pour le transport.

Les indemnités payées ont été, d'après l'aveu des Compagnies elles-mêmes, de *sept millions quatre cent mille francs* en 1896, et de *sept millions quatre cent soixante mille francs* en 1897, pour ces petites irrégularités qui ne paraissent rien, et qui ne sont sûrement pas aussi préjudiciables aux Compagnies que les accidents proprement dits : coups de tampons, déraillements, etc., etc. Que seront-elles en 1899 ?

Lors de la formation de ce qu'on appelle « les équipes volantes », les gares protestèrent timidement dans la personne de leurs chefs qui voyaient leur responsabilité personnelle engagée à tous les points de vue ; point de vue manœuvres, point de vue commerce, point de vue comptable.

Pour calmer leurs craintes, on les autorisa à

remplacer provisoirement, incidemment, les hommes d'équipe partant en renfort par des journaliers cueillis n'importe où.

Le travail de ces hommes est fait sous la responsabilité de celui qui les commande, et comme il ne peut tout voir, absorbé qu'il est par trop de préoccupations, il s'ensuit de nombreuses erreurs lorsqu'il n'y a pas soustraction à son insu.

Le tout est à l'avenant.

Si on impose à un homme l'obligation de remplir la tâche de deux, qu'en résultera-t-il, sinon que la tâche sera mal remplie ?

C'est ainsi que la reconnaissance des colis remis par les expéditeurs n'est pas faite du tout ou l'est trop légèrement, trop hâtivement, et les transporteurs courent toutes chances d'être dupes d'une fraude quelconque : colis avariés d'avance, emballage insuffisant, fausse déclaration de poids et nombre, etc., etc. ; les chargements ou les transbordements, les déchargements sont faits trop précipitamment et il s'ensuit un surplus de fausses directions ou d'avaries de marchandises; les destinataires prennent livraison eux-mêmes sans le concours d'agents et il suffit de rencontrer des gens peu scrupuleux, ce qui n'est pas très rare, pour que ceux-ci, par habitude de ne laisser rien perdre, emportent ce qui est à eux et ce qui ne l'est pas.

Combien de petites gares ou stations où l'agent comptable, déjà surmené, est obligé de faire tous ces différents travaux. Il en néglige involontairement la moitié, jusqu'aux détails les plus importants, comme l'étiquetage.

Le Parlement, en forçant les Compagnies de chemins de fer à augmenter leurs cadres inférieurs : comptabilité, mouvement, manœuvres et manutention, pourrait exiger d'elles la mise en pratique d'un repos effectif, non fictif.

Les tableaux de présence indiquent que les agents doivent profiter d'un maigre repos de quelques heures par mois ; mais, ce repos, les intéressés n'en peuvent même pas profiter à cause de leur insuffisance numérique et, lorsque le trafic atteint les périodes actives, tous les services sont aussitôt transformés en autant de bagnes. Les journées n'ont pas de fin et le repos est aboli.

Tout est à refaire dans les chemins de fer, parce que, au lieu d'amélioration, il y a eu désorganisation par des hommes qui n'avaient pour but que leur intérêt personnel. On reconnaîtra que leur œuvre ressemble à s'y méprendre à une longue suite d'expédients.

Ils se sont efforcé, ces hommes, à faire ébaucher, massacrer le service par des malheureux qu'ils éreintent moralement et matériellement, ne voyant pas ou ne voulant pas voir que les quelques économies ainsi réalisées au mécontentement de tous, petits agents pressurés à l'excès et public, commerce et voyageurs, se traduisent par des pertes énormes en indemnités, ou en vénalités, à des gens insatiables.

Ce dont je m'étonne, c'est que le Parlement n'ait pas exigé des ministres successifs des Travaux publics les modifications sérieuses, profondes, qui, selon le cri général et unanime, sont au moins aussi nécessaires, aussi indispensables au réseau de l'État que dans les autres réseaux.

Partisan d'un grand réseau national unique, il me déplait de porter par trop atteinte à l'action des hommes politiques qui emploient toute leur habileté à faire ressortir aux yeux du vulgaire la parfaite exploitation de celui existant.

A dire vrai, avant de poursuivre ce but, n'aurait-il pas été préférable et prudent de s'appliquer à faire d'abord de ce petit réseau un réseau modèle dans toute l'acception du mot ?

Je veux croire, cependant, à un défaut de moyens, défaut difficilement surmontable dans un laps de temps relativement court. Il y a autre chose aussi. On s'est trop attaché à l'amélioration des prix de transport sans se soucier beaucoup de celle du personnel.

Mais parce que chacun de nous voudrait la

Patrie libre, débarrassée de toutes les sociétés puissantes dont elle est encombrée, y compris celles des voies ferrées qui, unies, forment presque un « État » dans l'État, est-ce un motif suffisant pour s'abstenir de critiquer timidement certaines défectuosités, et doit-on laisser des individualités jouir librement, en toute tranquillité, à l'infini, des avantages qu'elles s'y sont effrontément octroyés en dépit de toute justice ? Il en est qui considèrent que ce réseau est leur propriété, leur chose ; que leur petite dictature doit suffire comme preuve de bonne administration, qu'elle est un titre aux distinctions honorifiques qu'habilement ils savent se faire accorder. Les autres réseaux auraient, de plus, la partie vraiment belle pour réfuter certains reproches qu'on leur adresserait. Il n'est pas d'exception en sa faveur.

Dans ce réseau comme dans les autres, des décorations, un avancement scandaleux, ont été accordés à des personnages aux actes desquels présidaient invariablement la mauvaise foi et le mensonge, dont le seul titre était d'avoir malmené le personnel. Il en est même dont la vie a été empreinte d'une débauche continuelle, soigneusement dissimulée. Assurément il y a eu, il y a également des hommes de valeur, à l'honorabilité parfaite.

Cela n'empêche pas les agents des grandes Compagnies de n'avoir rien à envier à ceux de l'État, car ceux-ci connaissent, comme leurs frères d'armes et de misères, les injustices, les passe-droits, le surmenage, la négation d'avancement, l'insuffisance des salaires.

Là, comme ailleurs, la retraite a été aléatoire jusqu'à ce jour.

Arguments appréciables dont les Compagnies savent tirer profit, car, disent-elles à nos gouvernants, vous ne pouvez pas nous imposer les améliorations que vous reconnaissez ne pouvoir réaliser vous-mêmes.

Cela parce que les hommes de même caste qui sont à la tête de tous les réseaux, qu'ils soient au Nord ou au Midi, à l'Ouest ou à l'Est, ne font pas fi des conseils des hommes pratiques et intelligents, ayant passé par toutes les filières et ayant séjourné surtout un assez long temps dans les postes inférieurs.

Si, pendant cette période de développement syndical, période assez troublée pour inspirer aux militants sincères quelques craintes pour leur avenir administratif, j'éprouvai quelques plaisirs, dont aucun n'égala assurément celui de ta naissance, j'eus aussi des chagrins.

La vie est ainsi faite, comme le dit le savant écrivain, M. Littré : « Si elle est pour quelques-

« uns un roman bruyant et éclatant, elle est pour
« la plupart une humble nouvelle. Au début de
« la jeunesse, on cherche l'emploi de ce que l'on
« sait et de ce que l'on peut, de ses aptitudes et
« de son caractère. Cela trouvé (quand on le
« trouve), on se case, on se marie, on travaille,
« on a des succès, on a des revers, on éprouve
« quelque joie, on pleure souvent, et puis, tout
« surpris, on s'aperçoit qu'on est vieux, très
« vieux, et que l'écheveau de la vie est bien près
« d'être dévidé. Quel vieillard n'a éprouvé cette
« surprise, et dans cette voie descendante, n'a
« été tenté de dire comme Voltaire octogénaire :
« Quand j'étais à l'âge heureux de soixante-dix
« ans ! »

Un soir, après ma tâche remplie, je me diri-
geais vers la maison, heureux de penser que
j'allais avoir quelques instants de bonheur, toute
ma famille se trouvant réunie : mon père, cher
et bon vieillard, ma sœur, ma nièce et mon beau-
frère, ainsi que ta grand-mère maternelle, maman et toi. Tu étais encore toute petite, trotti-
nant bien et exprimant quelques mots dont le
plus facile : *Papa.* Ma sœur te conduisait au-
devant de moi. Je vois la joie de la chère femme
lorsque, m'apercevant, tu courus te jeter dans
mes bras de toute la vitesse de tes petites jam-
bes, avec tes beaux petits cheveux bouclés, en

gazouillant de petites phrases dont seuls tes
petits gestes nous en donnaient la définition. Le
commencement de la soirée se passa comme il le
devait, tout le monde le cœur satisfait. Mais,
vers les dix heures du soir, comme nous nous
disposions à nous reposer, ma sœur fut prise
d'une indisposition subite; une de ces maladies
foudroyantes, apoplexie ou congestion, et, à une
heure du matin, malgré tous nos soins empres-
sés, elle fermait les yeux pour ne plus les rou-
vrir! Je dis apoplexie ou congestion, parce que
les trois médecins que je fis venir immédiatement ne purent définir ou ne voulurent nous
dire la nature de la maladie. J'entends souvent
répéter que la médecine, à l'exclusion de la chi-
rurgie qui opère miraculeusement, n'a fait aucun
progrès depuis des siècles; je crois, en ce qui me
concerne, que, s'il y a des sommités, il est un bon
nombre de médiocrités.

J'ai constaté quelquefois aussi le défaut d'em-
pressement de quelques-uns de nos esculapes
modernes à porter secours au pauvre, notamment au petit employé de toutes les administrations, parce que les émoluments sont fixes, que
les visites se fassent ou qu'elles ne se fassent pas.

Je m'empresse d'ajouter que là ce ne fut pas
le cas, toute la célérité possible ayant été apportée, malheureusement en vain!

Je ne pourrais te dire quelle fut notre douleur à tous ; quel fut le désespoir de mon beau-frère, de ma petite nièce, en pensant qu'elle ne reverrait plus sa mère !

Quoi de plus douloureux que la perte d'une mère dans de telles conditions ? Pas de réflexion dernière, pas d'adieux éternels qui sont presque une consolation dans le malheur !

C'est ainsi, chère enfant, que le bonheur et le malheur se coudoient.

Presque toujours comme cela, les minutes de joie sont suivies de journées de chagrin et de deuil ! Cependant nous nous entredéchirons, nous nous entredévorons les uns les autres, comme si la terre, notre mère commune, n'était pas assez féconde pour pourvoir aux besoins de vie de tous ses enfants !

J'ai dit comment un poste de sécurité m'avait été confié sans examen préalable et comment, néanmoins, le chef de gare que je venais de quitter soulignait sa confiance en ma capacité.

A un autre moment, j'aurais trouvé cela très simple, tandis qu'en raison des circonstances, je l'ai dit, j'y soupçonnais autre chose.

Je ne me trompais pas.

Si d'autres indices n'avaient pu me fixer, la démarche officieuse que fit, par hasard — c'est toujours par hasard que ces démarches là se font

— un haut personnage de la Compagnie auprès de mon chef de gare, pour lui dire que j'étais une *petite forte tête*, m'aurait édifié.

Heureusement que la soi-disant confidence avait été faite à un ami plutôt qu'à un chef, mais l'intention de nuire n'était pas douteuse.

Insinuation malveillante, bien plus malhonnête que tout ce que l'on pourrait imaginer, même l'assassinat, car elle tendait hypocritement à me faire mettre mal avec mon chef, afin d'arriver par ce moyen plus facilement au but qu'on aurait voulu atteindre : la suppression de mon gagne-pain et de celui de ma famille.

Et ce disciple de Dom Basile n'était pas une *forte tête ?* lui qui disait qu'un homme d'équipe peut très bien vivre, y compris sa famille, avec 2 fr. 50 par jour, alors qu'avec un traitement de 12.000 fr. il savait si bien accrocher au passage des *oppositions* sur son salaire, qu'il en est « crevé », éloigné de tout ami, rejeté, presque « vomi » par la Compagnie où il avait si bien rempli son rôle de Robespierre.

Partisan du principe syndical, si j'ai combattu en général les abus, je n'ai jamais, ni par la parole, ni par la plume, attaqué ni pris à partie personnellement un chef, ne m'occupant que des actes et non des personnalités. Son insinuation, je la traitai ainsi :

Cette « épithète » se prête assez au sens que l'interprétateur lui donne, selon qu'il se trouve plus ou moins mal intentionné, selon le rang social qu'il occupe.

Dans la bouche des puissants de la terre, à l'égard de quelques-uns des déshérités de la fortune, ce qualificatif sert rarement à autre chose, en effet, qu'à satisfaire quelque malicieuse rancune. Employé, au contraire, par cette dernière classe, il conserve sa signification vraie et exprime, le plus souvent, une sorte d'admiration. Pris abstraitement dans chacune de ses deux parties, c'est-à-dire en séparant chacun des deux mots dont il est formé, il ne signifie rien d'extraordinaire, soit en bien, soit en mal, et ne contient point d'offense.

Par « fort » ou « forte », on entend ce qui a de la grandeur, de l'impétuosité, de la violence, si la pensée a trait aux choses, aux éléments; à la force d'âme, à la fermeté, s'il s'agit des personnes.

Mais le mot « tête », qui porte en soi cependant sa signification même, très simple et très inoffensive, en complétant l'énonciation, la modifie, lui laisse une certaine malléabilité, une certaine élasticité accessible à toutes les consciences, à tous les esprits. Et c'est ainsi que, pour désigner une personnalité marquante dans la magistrature, dans le clergé, dans l'armée, dans la science,

dans la politique, la masse se sert de ce qualificatif: *forte tête*.

Communément, on entend cette exclamation
qui résume des appréciations, des avis opposés:
« Rochefort est une forte tête ; Constans est une
« forte tête ; Pasteur est une forte tête ; Quesnay
« de Beaurepaire est une forte tête », etc.

Lorsque des industriels ou des hauts fonctionnaires d'administration s'entretiennent, avec les
autorités constituées, du personnel qu'ils ont
l'avantage de commander, de pressurer, de tor-
turer, le plus souvent ils ne manquent pas l'occasion de souligner les plus clairvoyants de cette
même appellation de *forte tête*.

Toute distinction du vulgaire se dénomme
ainsi, qu'il s'agisse d'un Platon, qu'il s'agisse
d'un Néron. Nulle part mieux qu'en cette oc-
currence les deux extrêmes se touchent, et par
la distinction de la sagesse et par celle des
cruautés.

Quel pourrait être, d'ailleurs, le pathologiste
qui oserait affirmer avec assurance que, comme
le dit Pascal, les hommes ne se trompent continuellement dans leurs jugements, si la vie est un
mensonge et que l'humanité se débatte dans un
perpétuel sommeil que troublent d'indéfinis cau-
chemars, d'incessantes contrariétés ?

Les choses et les faits apparaissent à nos

regards selon la situation dans laquelle nous nous trouvons.

Sont-ce les sans travail, comme ceux qui firent naguère grand bruit dans le Nouveau-Monde, qui sont dans l'erreur lorsqu'ils violentent les capitalistes, pour obtenir le travail qu'ils n'ont pas ; ou ceux-ci dans leur résistance à ne vouloir pas leur en procurer, ou dans leur entêtement à ne vouloir montrer aucune bonne disposition ?

Selon les lois établies partout, les *malheureux* ont toujours tort. Il nous semble et il a semblé à beaucoup d'autres avant nous, mieux éclairés que nous, que leur plus grand tort est d'être *malheureux*. On comprend que par « malheureux » nous voulons dire « pauvres ».

La nature doit pourtant quelquefois avoir raison ; le droit reste gravé sur ses lois d'airan. Les exceptions, les *fortes têtes*, comme on les a sans doute toujours appelées, ont été innombrables. Quelques noms sont parvenus jusqu'à nous. Que d'étoiles dans la nuit des temps et dans les seules langues que nous nous soyons efforcés d'épeler : hébraïque, grecque, latine !

Et un simple regard sur l'histoire de ces derniers temps, des temps modernes, vous en laisserait consterné.

Les François 1er, pour citer peu de noms, les Louis XIV, les Napoléon Ier — nous entendons

au point de vue du caractère — ont-ils été des
fortes têtes ?

Et les Vercingétorix, les Bayard, les Marceau ?

Et les Bossuet, les Massillon, les Fénelon ?

L'abbé Terray, qui regardait le peuple comme
éponge qu'il faut pressurer, était aussi une
exception.

Mais à celui-ci nous préférons les grandes
figures comme celles dont les funérailles furent
célébrées hier : Victor Hugo, Kossuth !

Ce dernier au moins ne renia pas sa foi passée,
comme ces « communards », ces ex-révolution-
naires qui, au pouvoir, oublient ou pressurent
ceux qui luttèrent avec eux ou leurs enfants.

Ce sont ces Clovis d'un autre genre, qui se permettent d'anathématiser l'ouvrier, l'employé qui
se démène dans la vie légale pour grossir la bou-
chée de pain de sa nichée. Leur conception est
juste à la hauteur de leur conscience. Ce qui les
épouvante le plus, ce sont ces groupements
ouvriers pour lesquels ils travaillèrent, ou firent
mine de travailler.

Quels méfaits commettent ces jeunes gens,
dites, en cherchant, par l'union, cette pierre phi-
losophale qui est la justice dans la liberté ?

Pourquoi diable se permettent-ils de dire tout
haut ce que vous pensiez tout bas ?

Pourquoi se sont-ils fait les interprètes de leurs frères de misère ?

Pourquoi diable aussi ne ravalent-ils pas leurs rancœurs, ne dansent-ils pas de joie à la seule pensée de vos noces de Cana ?

Non ! ce sont de *fortes têtes*... à la Kossuth ! Qu'ils aillent à l'école de Loyola, ou bien ils subiront une peine plus terrible encore que la peine du talion, n'est-ce pas ?

15

XX

Opinion donnée franchement

Aujourd'hui que les syndicats se sont affaiblis par la maladresse et la couardise d'une partie de leurs membres et par la félonie des autres, je puis bien dire en toute franchise qu'il n'est pour la classe ouvrière d'autre moyen d'améliorer son sort que celui du principe syndical, de l'association enfin, même en supposant, comme effort ultime, la grève. Ne pas omettre, pour la réussite, la sage organisation, la bonne direction et le renouveau de la confiance perdue.

Pour cela, de grâce, ne poursuivons pas de chimères ; employons notre activité, toute notre activité aux réformes réalisables et utiles à l'intérêt et au meilleur être de tous.

En 1891, pour ne parler que des employés de chemins de fer, une tentative de grève eut lieu.

Elle était prématurée. Néanmoins, elle fut fructueuse comme tous les assauts, toutes les révolutions, en la semence des idées syndicales qu'elle répandit.

Avant que le peuple vainquît la Bastille matériellement, des pléiades d'écrivains, dès le règne de Louis XIV, avaient moralement commencé sa démolition.

Parmi les chambres syndicales qui s'étaient fondées après le vote de la loi de 1884, celle à laquelle appartenaient les grévistes était la plus inférieure numériquement. Elle ne comprenait que quelques ouvriers non commissionnés.

Sans précaution, sans préparation et, malgré les avis opposés du secrétaire général qui prévoyait le résultat auquel ils aboutirent, d'un coup de tête la bataille fut décidée dans les réunions composées de membres trop impatients.

Malgré cela, les grévistes ne durent leur échec qu'à leur défaut de persévérance, car l'entraînement que produisent toutes les causes justes commençait de se manifester, et les directeurs des grands réseaux réunis, m'a-t-on rapporté, au siège du P.-L.-M., étaient déjà sur le point de faire des concessions à leurs salariés, lorsqu'une panique (la peur, toujours mauvaise conseillère), se produisit dans les rangs de ces derniers, panique qui repoussait pour longtemps toute nouvelle tentative ayant des chances de réussite.

Le nombre des grévistes avait dépassé de 2,000 le chiffre des enrôlés du syndicat; qu'aurait-ce été si ceux-ci avaient été 70 ou 80,000 de tous grades et de tous services, comme ils le furent après ?

Nous aurions vu alors une des plus brillantes victoires du prolétariat, comme savent si bien en remporter les employés des Omnibus ou les facteurs de la ville de Paris.

On a tenté de faire entendre l'impossibilité, pour l'employé de chemin de fer, de livrer cette bataille d'une façon avantageuse pour lui, à cause de sa dissémination.

Il y a là une erreur fondamentalement intéressée. Que les agents disséminés se bornent simplement à verser les fonds de participation nominale du groupement, cotisations, etc., ceux des grands centres suffisamment groupés, peuvent avantageusement, après entente préalable entre eux et avec leurs camarades disséminés, livrer bataille et acculer en vingt-quatre heures le capital, c'est-à-dire l'obliger à accorder les améliorations indispensables et générales pour toute la corporation.

XXI

Correspondance édifiante

Après quelques années de service de sécurité, sinon exemplaire, du moins assez irréprochable pour confondre les espérances que j'ai précédemment indiquées, je formulais une nouvelle demande en ce sens :

« A l'occasion de l'ouverture prochaine à
« l'exploitation de la ligne de... à..., j'ai l'honneur de vous prier de vouloir bien avoir l'obligeance de me proposer pour un emploi de...
« J'ose espérer que ma demande ne paraîtra pas
« exagérée ni prématurée. Les quelques objections contenues dans votre lettre du... étant
« disparues depuis longtemps, attendu que j'assure un service de sécurité des plus importants du réseau sous tous les rapports... »

Réponse : « Je prends note de votre demande,
« mais il y a peu de postes et beaucoup de de-
« mandes.

« X... »

Je demande à toute personne sensée qui lira
ces quelques mots, si elle n'y verra un parti pris
évident de mauvais vouloir, non de la part de la
personne qui l'a écrite et signée, d'un pouvoir
occulte plus haut placé.

S'agissait-il, en somme, de s'inquiéter en la
circonstance de la quantité de demandes, ou du
droit de chacune d'elles, du mérite de leurs auteurs ? Cela, on évite d'en parler. J'aurais eu le
droit de poser ces questions. Que faut-il être ?
Que faut-il faire ?

Nul mieux que l'agent qui coudoie ses camarades ou qui les a coudoyés, n'est à même de
savoir ce qu'ils méritent et de savoir s'il est des
passe-droits ou s'il n'en est pas. D'ailleurs le si-
gnataire de cette lettre disait à mon chef de gare
quelque temps après : « Je ne sais pas ce qu'il y
« a en haut lieu contre M. X... (moi), on est mal
« disposé en sa faveur, cependant depuis dix ou
« douze ans que je le connais, je n'ai pas à me
« plaindre de lui ; je suis très content de ses ser-
« vices. »

Ce qu'il y avait ?...

Mensonges, viles calomnies du personnage de Beaumarchais, que j'ai désigné par Y.

Cet abject personnage comptait se faire un brillant avenir, en brisant celui des autres par des infamies. Jusqu'à ce jour, sa combinaison a réussi, ce qui ferait tenter de croire au dicton de la masse : *chance et succès sont acquis aux malhonnêtes gens*. Ceux-ci savent, en effet, se plier à toutes les exigences, et leur esprit d'hypocrite flatterie se prête à toutes les faussetés. Aussi vils qu'eux sont ceux qui les écoutent et qui les excitent dans cette voie.

Ce parti pris, d'autant plus bas qu'incompréhensible de mauvais vouloir, se manifesta encore imprudemment dans une correspondance que je dus échanger à l'occasion d'un congé qui m'était indispensable, à la suite du décès de mon très regretté père.

Voici cette correspondance.

Première lettre :

« J'ai l'honneur de vous adresser, en communi-
« cation, une lettre de convocation que je viens
« de recevoir de M. X..., notaire à..., pour les
« arrangements définitifs nécessités par suite du
« décès de mon père.

« Comme il y a un enfant mineur, il est indis-
« pensable qu'une liquidation ait lieu. Un arran-

« gement amiable étant probable, en effet, et
« mon b. au-frère étant agent d'une Compagnie,
« il est également utile que nous puissions, tout
« les deux, nous conformer au rendez-vous fixé
« par le notaire.

   « A cet effet, j'ai l'honneur, monsieur, de sol-
« liciter un congé pour la date du... »

Je demandais même un supplément de cinq
jours dont il fut tenu si peu compte qu'on n'y
répondit jamais.

Voici la réponse que je reçus le jour que je
comptais partir :

   « N'ayant pour le moment aucun intérimaire à
« ma disposition, il ne m'est pas possible de
« donner satisfaction à M. X... »

Deuxième lettre :

   « Comme suite à votre note nº 27, en date du...
« et ainsi que je vous le faisais connaître par
« ma lettre du...

   « Il est absolument indispensable qu'un arran-
« gement ait lieu devant notaire, entre mon
« beau-frère et moi, avant que les droits de suc-
« cession soient payés.

   « Mon beau-frère, *employé à l'Est, ne peut pas*

« *non plus quitter son service quand il le veut* ;
« il faut donc que les Compagnies s'entendent
« pour *concilier* le service dont nous sommes
« chargés, l'un et l'autre, en même temps que
« nos affaires privées qui sont, *vous le voyez*,
« des plus sérieuses.   Or, votre réponse ne
« me donne aucune date possible ni probable
« et me laisse dans l'incertitude la plus com-
« plète.

   « Je vous prie donc de bien vouloir fixer à la
« Compagnie de l'Est une date, en la priant
« d'accorder le congé nécessaire à mon beau-
« frère pour les motifs indiqués.

   « En outre, le délai de six mois pour le paye-
« ment des droits de succession à l'administra-
« tion de l'enregistrement et du timbre étant
« échu sous peu de jours, je vous prie de bien
« vouloir prier cette administration de *surseoir*
« à tous frais jusqu'à ce que vous vouliez bien
« m'accorder satisfaction.

   « Vous comprendrez, Monsieur, que je ne puis
« être rendu responsable d'actes dont je ne suis
« pas le maître.

   « J'ose espérer également que vous voudrez
« bien me fixer à l'avance à ce sujet, de façon à
« ce que je sache à quoi m'en tenir moi-même. »

Réponse :

M. X..., à R...

« Vous serez remplacé le 29.

« Dans votre intérêt, je vous engage à ne pas
« écrire avec un tel style à vos chefs.

« Pour cette fois, je veux bien passer sur la
« forme de votre lettre, mais il ne faudra pas
« recommencer. »

Troisième lettre :

« J'ai l'honneur de vous prier de bien vouloir
« me permettre quelques mots au sujet de votre
« lettre n° 34.

« Je serais très peiné de vous avoir froissé par
« ma lettre dernière, car telle n'était pas assuré-
« ment mon intention.

« Quoique polie dans sa précision, il me reste
« à croire que je n'ai pas su m'exprimer, ou pour
« mieux dire, que les termes ont dépassé ma
« pensée.

« Je n'ai pas pour habitude d'être incorrect
« vis-à-vis de qui que ce soit, inférieurs, collè-
« gues, public, encore moins vis-à-vis de mes
« supérieurs.

« Mais je n'ai pas le caractère rampant, et
« justement parce que je n'ai rien à me repro-

« cher au point de vue de mon attitude dans le
« service aussi bien que dans mes rapports privés,
« j'ai peut-être bien contracté l'habitude de
« parler trop franc et d'une façon un peu trop
« ferme.

« Mais je ne doute pas que vous n'ayez bien
« vu aussi que ce n'était pas de gaieté de cœur
« et pour mon plaisir que j'insistai sur une
« réponse qui ne me disait absolument rien, aussi
« tardive qu'elle fût. Je n'ai pas besoin de vous
« répéter que les affaires que j'ai à traiter sont
« des plus sérieuses puisqu'elles touchent à la
« bourse. Par la situation qui m'est faite, je ne
« sais pas encore à l'heure actuelle si je pourrai
« me rencontrer avec mon beau-frère, surtout si
« ses chefs se sont rapportés et se sont conformés
« à la convocation du notaire. Et rien n'est pos-
« sible sans cette rencontre.

« La faveur que je demandais, au surplus,
« n'était pas bien importante, puisqu'au roule-
« ment des congés j'ai été porté pour le 28 de ce
« mois.

« Si j'avais su plus tôt que satisfaction ne pou-
« vait m'être donnée, j'aurais contremandé le
« rendez-vous.

« Ces explications données, je prends donc
« note de vos conseils pour l'avenir et je tâcherai
« de m'y faire, mais je saisis l'occasion qui

« m'est offerte pour vous dire que j'espère aussi
« que mes chefs modifieront leur rigueur à mon
« égard.

« Je n'ai rien fait pour la mériter.

« Vous me connaissez depuis douze ans et
« vous le savez bien.

« Ayant un des services des plus sérieux et des
« plus pénibles du réseau, je n'ai, jusqu'à pré-
« sent, pas failli à mon devoir, ni après, ni avant;
« j'ai toujours eu, d'ailleurs, les intérêts de la
« Compagnie en vue.

« J'en ai été médiocrement récompensé, il est
« vrai, puisque, l'an dernier, j'ai été un de ceux
« qui à ... ont eu la récompense la plus moindre.
« Je ne voudrais pourtant pas croire ce qui m'a
« été répété, à savoir qu'il y aurait, dans une
« certaine sphère, un parti pris de mauvais
« vouloir contre moi, n'ayant, je le répète, abso-
« lument rien fait pour le mériter.

« S'il en était ainsi, j'aurais le droit de croire
« que les faibles ont toujours tort malgré tous
« les droits. Il n'est pas d'usage de condamner
« quelqu'un sans lui offrir les moyens de défense.
« Ce ne serait guère digne et ce serait très décou-
« rageant. »

Autre réponse :

M. X...

« Dans votre intérêt, écrivez beaucoup moins.
« Je ne veux pas laisser cette lettre à votre dos-
« sier ; par une marque de bienveillance extrême,
« je vous la retourne et la considère comme non
« avenue.

« Vous serez remplacé le 29, et cela a été beau-
« coup plus difficile à faire que vous ne paraissez
« le croire. »

Je ne discute pas la bienveillance du signa-
taire de cette lettre. Son affirmation pouvait être
sincère.

Je pense néanmoins que, ne pouvant nier le
parti pris qui aurait paru trop évident dans cet
échange de correspondance, il préféra m'en faire
la remise, prétextant une marque d'extrême bienveillance.

Il était au courant évidemment de l'opinion d'en
haut lieu à mon égard et il eût pu craindre qu'on
l'accusât de maladresse en la circonstance. Ce que
l'on sait, ou que l'on ne sait pas, c'est que tous les
supérieurs sont solidaires et que, pour le principe hiérarchique, quand l'un dit : *tue*, l'autre
répète : *assomme*. C'est pourquoi je ne comprends pas que dans un certain réseau on se soit

basé, pour l'établissement du tableau d'avancement dont j'ai parlé, sur les dires de chefs accidentels, éventuels, ou pouvant avoir des motifs
d'aversion contre quelques-uns et à leur insu,
plutôt que de se baser sur les services antérieurs,
à moins d'ajouter foi et contrôler les réclamations
que n'ont pas craint de faire ceux qui se préten-
dent dans leur droit.

XXII

Bon sang ne peut mentir

J'avais eu la douleur, en effet, de perdre mon père pendant le calme relatif, apparent, qui suivit les premières agitations syndicales.

Malgré mon désir de lui rendre sa vieillesse heureuse, il comprenait mes ennuis et en était très affecté.

Chère enfance, où étais-tu ? Je l'ai dit. J'avais perdu ma mère jeune. — Mon père la remplaçait dans toute l'acception du mot, doux et bon ; à l'encouragement que l'on doit donner à l'enfance, il savait admonester en y adjoignant les caresses absentes. Il les doublait même.

Sans cesse il me recommandait la politesse, tenant strictement à ce que le respect dû aux vieillards de n'importe quelle condition et quel sexe fut observé, de même qu'à toute personne supposée honorable.

16

La dignité, l'amour-propre du soi étaient innés dans sa nature, et, s'il ne fut pas égoïste, il ne fut pas non plus hypocrite. Il était très sensible aux bienfaits, à la droiture.

Combien j'étais heureux lorsque, tout petit, pendant les longues veillées d'hiver, je lui faisais quelques lectures ! Avec quel plaisir il les écoutait ! Les hauts faits des Annibal, des Marceau, des Napoléon, l'émerveillaient ; ceux des Fénelon, des Sully, des Henri IV, l'attendrissaient.

Je rêvais à ces moments-là de devenir un petit émule de quelque célébrité honnête pour pouvoir lui dire : Ton fils est digne de ton amitié, car, s'il est bon comme toi, il est brave et courageux aussi. Hélas ! je n'ai pas même pu devenir suffisamment indépendant pour lui procurer la consolation de finir ses jours dans son lieu natal qui est aussi le mien.

J'ignorais alors que, si la valeur n'atteint pas le nombre des années, les générosités du cœur, l'intégrité, la bonté d'âme, ne sont pas toutes couvertes de lauriers et de fleurs, ne sont pas toutes encensées au sein des fêtes. — Beaucoup restent obscures, ignorées de la foule qui, souvent, en encense de fausses.

Mais au moins, je ne l'ai pas laissé s'éteindre dans des bras étrangers, sous un autre toit que le mien. Je l'ai accompagné, où il dort de son dernier sommeil, avec trois ou quatre amis et autant d'indifférents qui ne surent pas quel cœur d'or avait battu dans cette dépouille mortelle! Ainsi passent quelques natures généreuses au sein de notre ignorance et de notre indifférence pendant que, parfois, nous glorifions des « fripouilles! »

En me séparant de lui pour toujours, je sentis se rompre quelque chose en moi, comme si ma vie se brisait tout à coup.

En même temps qu'un père, que mon meilleur ami, je perdais mon meilleur soutien moral. Oh! que je serais donc heureux de le posséder encore, ce bon père chéri! Lui confier mes amertumes, recevoir ses bons encouragements et ses bons conseils! Le faire participer aux rares petits plaisirs qu'une douce illusion nous fait éprouver de temps à autre!

Sans survivre à son fils, comme ce bon vieux père Chevreul, il aurait pu l'accompagner plus avant dans la vie, sans subir si tôt la loi de nature! Que sont donc coupables ceux qui n'aiment pas les leurs!

Le désespoir se serait complètement emparé de moi si je ne m'étais raisonné que, dans le calvaire de la vie, nous laissons à chacune des stations que nous faisons et qui sont de plus ou moins longs cycles sans trouble et sans changement, un

ou plusieurs amis qui vous aident à les franchir;
èt puis, vous me restiez, vous autres : ta mère,
toi, toi surtout qui as si grand besoin de mon
secours encore ! J'espère bien qu'à mon égard tu
auras les mêmes sentiments que j'eus pour les
miens. Je connais ta petite bonne nature, ta raison, je sais ton grand amour pour tout. Bon
sang ne peut mentir.

XXIII

Réfutation

Je crains qu'aucune Compagnie de chemins de fer ait la bonne foi de donner satisfaction, en partie seulement, à son personnel, c'est-à-dire par l'application d'une justice impeccable, avec toutes garanties possibles pour ceux qui peinent.

La soif du lucre qui fait mouvoir les actionnaires, les administrateurs, les « hauts supérieurs » est un obstacle à toute bienveillance vraiment réelle. C'est pourquoi toutes velléités d'indépendance, même relative, les offusquent. A leur sens, tout est pour le mieux pour tout le monde ; un peu plus il y aurait excès de perfection. Il n'est, pour s'en convaincre, qu'à les écouter.

Voici en quelle façon s'exprimait, sur ce point, M. Barabant, directeur de la Compagnie de l'Est, dans le discours qu'il prononçait à Reims

le 6 août 1898, au banquet de l'Association fraternelle, selon le journal professionnel que le personnel des chemins de fer a vu, puisqu'il était
distribué gratuitement à ce moment-là.

M. Barabant entamait son discours en s'atta-
quant au soi-disant ridicule dicton des « conventions scélérates ».

Pourquoi cet acharnement de la part des Compagnies intéréssées à défendre par la bouche
d'un de leurs salariés ce que la masse réprouve?

Est ce pour faire entendre qu'elles n'y ont eu
aucun intérêt ? J'ai traité cette question plus
haut.

Il n'est pas nécessaire de dénaturer les faits.
Le contribuable comprendra toujours difficilement la compensation avantageuse qu'il doit retirer dans quelques bouts de lignes secondaires
que les Compagnies auront fait construire moyennant une indemnité annuelle de plusieurs centaines de millions et dont l'exploitation sera
trop coûteuse relativement à ce qu'elle rappor-
tera.

Les conventions ont eu pour but, aussi, *de retarder la possession par la Nation de tous les
chemins de fer*, sinon à la repousser indéfiniment, je le répète, à cause des nouveaux millions
qu'il faudrait débourser sans doute, car les Compagnies s'acquittent vite quand elles veulent bien.

L'aveu de M. le directeur de l'Est est édifiant sur ce point.

Après avoir énuméré tous les bienfaits de la Compagnie pour son personnel, M. Barabant dit : « Et cependant le chiffre de notre garantie, « en 1897, a été de *cinq millions six cent mille* « *francs*, c'est-à-dire que nous avons perdu « **15.000** francs *par jour*. » Et aussitôt d'ajouter, ô contradiction ! « Certes, nous espérons « rembourser bientôt à l'Etat la dette correspon- « dant à la garantie. »

Je me demande comment un négociant, une personne quelconque, devant une certaine somme et qui perdrait tant par jour, pourrait rembourser en un temps restreint la dette qu'il aurait contractée ?

Passant à cette autre légende, comme il dit, celle du prétendu *favoritisme* des *fils à papa*, l'orateur nie ce *favoritisme*, car, dit-il, *tout passe-droit serait une injustice et serait en outre une faute.*

Les agents le savent fichtre bien que c'est une injustice, ce qui explique au moins leurs plaintes. Je ne sais, pour ma part, combien de cas de favoritisme j'ai remarqués ; ils sont très nombreux. Je pourrais en citer, une quantité de noms étant sur mes lèvres à l'heure actuelle, mais à quoi cela servirait-il ? A justifier mon opinion, mon dire ? Ce n'est pas nécessaire, tout le monde étant édifié sur ce point comme sur tant d'autres.

J'ai dit à ce sujet comment de mes élèves, des esprits obtus, pour ne pas dire plus, des *rosses* quelquefois, étaient arrivés d'emblée à des postes qui m'ont été fermés jusqu'à présent, ainsi qu'à d'aussi méritants que moi.

Combien ont été pourvus, sans aucune disposition spéciale pour l'emploi dont ils étaient gratifiés, alors que d'autres, ayant passé par toutes les filières en fait, se sont vus refuser constamment tout avancement de grade.

Les bons agents, pense-t-on, laissons-les où ils sont. Le *favoritisme* est un si vain mot que, sur les états d'avancement que j'ai déjà cités, il a été constaté que beaucoup de ceux désignés comme susceptibles d'occuper des grades supérieurs sont, non seulement les moins aptes au point de vue purement technique, mais encore les moins lettrés, à peu près incapables de faire un rapport sans de nombreuses fautes, je ne dirai pas de français, mais « d'orthographe ».

« Une autre légende, très répandue dans le « public et dans le Parlement, dit M. Barabant, « est celle du *surmenage.* »

A qui prétend-il donc faire entendre le contraire ?

Est-ce au public qui, chaque jour, est obligé de faire le travail incombant aux Compagnies dans la personne de leurs agents, de suppléer tout au moins ces derniers dont le nombre est absolument insuffisant?

Est ce à ceux des agents auxquels il s'adresse et auxquels une tâche double est sans cesse imposée : l'observance des heures de présence en même temps qu'un travail déterminé qui les oblige à rallonger leur journée de deux ou trois heures pour pouvoir se maintenir dans leur emploi?

Arrivant aux *salaires*, l'orateur dit : « Que « dans un régiment tout le monde ne peut pas « être colonel ni même caporal. L'inégalité des « traitements est inévitable. »

Je suis de ce dernier avis, avec une disproportion moins excessive, je le confirme.

Est-il rationnel de servir à des hommes huit à neuf cents francs au plus, pendant qu'on donne à d'autres des émoluments formidables, 12,000 à 100,000 francs par an? Et il n'est pas à dire : Ceci est une chance; demain, plus tard, ce sera mon tour? Non!

Apanages, fiefs, comme nous allons voir : « Je « sais qu'on m'objectera, ajoute-t-il, le *mono-* « *pole* d'ingénieur. Mais ce monopole est à la « portée de tout le monde. Il suffit, pour le con-

« quérir, d'avoir une santé de fer, de se mesurer
« pendant sept ou huit ans contre l'élite intellec-
« tuelle de la jeunesse française, et enfin de
« subir avec succès plus de deux cents examens. »

Vraiment ! Pour sept ou huit ans d'école, il
faut des moyens pécuniaires, car la santé ne
s'achète pas. Ces moyens-là, tout le monde ne
les a pas. Cela revient à dire :

Je suis roi, il ne tient qu'à toi de l'être.

D'ailleurs ici il passait à côté de la question.

Par justice, nous n'entendons pas égalité absolue de traitement.

Ce n'est pas une raison pour, sous le prétexte
de tant de temps d'études, que les uns aient
tout, les autres rien. Il est des ingénieurs, au
surplus, qui, en dehors d'une instruction forcée
et d'une paresse invétérée, sont de parfaits
niais.

Abordant enfin la question des retraites, M. le
directeur prétend « que les Compagnies se
« saignent aux quatre membres pour donner à
« leur personnel une certaine aisance sur
« leurs vieux jours, et enfin, ajoute-t-il, vous
« n'avez rien à redouter des variations de la poli-
« tique, puisque votre Compagnie, qui est une
« société industrielle et commerciale, s'abstient
« de toute politique ».

Traduction : « Si vos opinions ne sont pas

celles de vos actionnaires, cachez-les soigneusement; ne faites pas œuvres de citoyens libres. »

Les agents redoutent si peu les mesures arbitraires qui peuvent les frapper, qu'une société qui prospère, m'a-t-on dit, fut fondée en 1894 à cet effet.

Le président était, crois-je, un agent de la Compagnie de l'Ouest, et à l'heure actuelle ce doit être un agent de la Compagnie d'Orléans.

Voici les statuts de cette Société :

PHILANTHROPIE ET PRÉVOYANCE

Prévoir, c'est Avoir.

L'UNION PRÉVOYANTE

CAISSE DE SECOURS

Pour les Agents de Chemins de fer renvoyés de leur emploi, pour tout motif autre que l'indélicatesse ou autres faits portant atteinte à l'honneur.

Autorisation préfectorale en date du 5 octobre 1894

STATUTS

ARTICLE PREMIER

Il est créé une Société de secours pour les Agents de chemins de fer renvoyés de leur emploi — révoqués ou remerciés — pour tout motif autre que l'indélicatesse, le crime ou faits analogues, portant atteinte à l'honneur. La condamnation en ce sens, par les tribunaux, sera considérée comme atteinte à l'honneur. Les fautes de mouvement ou cas analogues ne seront pas considérés comme atteinte à l'honneur.

La Société prend le nom de l'Union prévoyante.

Elle aura son siège à Chartres ou dans toute autre localité fixée par le bureau, pendant sa première quinquennalité.

Il est actuellement fixé au lieu et domicile du Président.

Les autorités compétentes devront être avisées à chaque changement de siège.

Tout Employé de chemins de fer, commissionné ou classé, pourra faire partie de ladite Société s'il a adhéré dans les douze mois qui suivront la date de son fonctionnement qui est fixée au 1er juillet 1894.

Passé ce délai, un droit d'entrée de un franc sera exigible.

ARTICLE DEUX

Chaque adhérent devra verser de suite la somme nette de 1 fr.

Tout Sociétaire justifiant d'une présence de dix mois au moins dans l'Association, et pouvant justifier également de son renvoi comme il est dit à l'article premier, aura droit à un secours net de trois mille francs. (3,000 fr.).

Cependant, jusqu'à ce que le nombre des Sociétaires soit supérieur à ce chiffre de trois mille, il ne pourra être accordé à chacun des ayants droit que les deux tiers de la somme en caisse. Si plusieurs Membres étaient révoqués ou remerciés le même jour, la part revenant à chacun d'eux, comme il est dit, au prorata des deux tiers de la somme en caisse au moment des renvois, leur serait versée au fur et à mesure des encaissements.

Mais, avant tout, la réintégration pourrait être tentée par des démarches faites par une Commission, nommée par le bureau à cet effet.

N'aura pas droit au secours ci-dessus stipulé tout Membre qui aura, par préméditation ou par calcul, cherché son renvoi, par des provocations répétées, menaces ou insultes grossières à l'égard d'un supérieur. Chaque section jugera, en Assemblée générale, le sens de ces sortes d'altercations. Le Sociétaire pourra exposer son cas et en appeler à la majorité des sections par l'intermédiaire du bureau de l'Union.

Les décisions prises alors seront irrévocables et définitives.

Pour les Membres isolés, c'est-à-dire ne faisant partie d'aucune section, il appartiendra au Bureau du Siège de prendre les résolutions nécessaires, mais le Sociétaire aura toujours droit de faire appel de la décision comme il est dit ci-dessus.

ARTICLE TROIS

Aussitôt qu'une somme quelconque aura été versée à un Sociétaire dans les conditions spécifiées à l'article précédent, un nouveau versement de 1 fr. par Membre sera immédiatement exigible.

Lorsque l'encaisse dépassera trente mille francs (30,000 fr.), le Bureau pourra ajourner toute nouvelle cotisation.

ARTICLE QUATRE

Tout Sociétaire qui, après avoir été avisé par le Bureau, n'effectuerait pas ses versements dans le délai d'un mois, serait déchu de tous droits à la participation.

<h2 style="text-align:center">ARTICLE CINQ</h2>

En même temps que le premier versement, chaque Sociétaire devra verser la somme de 0 fr. 15 pour frais généraux, correspondance et accusé de réception ou carte de Sociétaire.

<h2 style="text-align:center">ARTICLE SIX</h2>

Tous les Sociétaires ayant touché un secours ne feront plus partie de l'Association que comme Membres honoraires. Ils ne seront plus tenus à aucun versement.

Un tableau d'honneur devant comporter le nom de tous les Membres honoraires sera institué et copie devra en être adressée à tous les Sociétaires, en fin d'année.

<h2 style="text-align:center">ARTICLE SEPT</h2>

Des Membres honoraires autres que ceux désignés à l'article précédent pourront être acceptés.

La cotisation annuelle sera de 10 francs.

La cotisation pourra être rachetée au moyen d'un versement unique de 100 francs.

Les Membres honoraires ne pourront occuper aucune fonction dans l'Association. Ils figureront au tableau d'honneur ainsi que tout donataire sous quelque forme qu'ils se présentent. Leurs conseils seront toujours bien accueillis pour la prospérité de l'Union.

<h2 style="text-align:center">ARTICLE HUIT</h2>

Tout démissionnaire de son emploi n'aura droit à aucun secours.

ARTICLE NEUF

Le Bureau est formé de TROIS Membres : un Président, un Vice-Président et un Secrétaire-Trésorier. Ils sont nommés pour une durée de cinq ans. Leurs fonctions sont entièrement gratuites. Mais le Bureau pourra, lorsque l'importance du travail occasionné par la croissance du nombre de Sociétaires l'exigera, s'adjoindre un comptable. Ce dernier recevra une indemnité annuelle de deux cents francs.

Après les cinq premières années le Bureau sera éligible à la majorité des voix reconnues en Assemblée générale. Cette Assemblée sera composée de un ou deux Membres au plus par section. Il sera donné connaissance des avis adressés par correspondance et provenant des Membres isolés n'appartenant à aucune section. Une commission prise parmi les Membres présents sera chargée du dépouillement de cette correspondance et d'en faire part à l'Assemblée qui jugera en connaissance de cause.

L'Assemblée générale aura lieu au Siège, pour toute question intéressant la Société, en Juin de chaque année. Le Bureau ne pourra être renouvelé, à moins d'une démission collective, qu'à l'expiration de chaque cinquième année. En cas de démission de l'un de ses Membres, ceux restant en fonctions pourront pourvoir à son remplacement pour le restant de la période quinquennale en cours.

· Les décisions du Bureau sont prises à la majorité des voix.

ARTICLE DIX

Le Trésorier devra tenir un Livret-Caisse paraphé par l'autorité judiciaire. Il sera également tenu par l'un des autres Membres du Bureau un Registre

matricule contenant le nom des adhérents par nu-
méro d'ordre.

ARTICLE ONZE

La somme en caisse pourra être déposée à la Caisse
d'épargne, par les soins du Trésorier. Toute somme
trop élevée pour être versée à la Caisse d'épargne
pourra être déposée dans un Etablissement financier
offrant toutes les mesures de solvabilité désirables.
Les sommes ainsi déposées ne pourront être retirées
qu'avec l'assentiment de tout le Bureau.

ARTICLE DOUZE

En cas de dissolution de la Société, la somme en
caisse sera distribuée aux Membres révoqués ou
remerciés.

ARTICLE TREIZE

Prennent le titre de Membres fondateurs, les Sociétaires entrés à l'Association dans la première année
de son existence.

Lorsque le nombre des Membres sera supérieur à
trois mille, un secours pourra être accordé aux veuves des Societaires ou aux orphelins. Ce secours ne
ourra dépasser cent francs.

ARTICLE QUATORZE

Des sections pourront être formées partout où il y
aura 50 adhérents au moins. Chaque section aura
droit à la nomination d'un Contrôleur. Ceux-ci, réunis en commission, auront droit de vérifier la comptabilité du Bureau, le nombre de Sociétaires et l'argent
en avoir, à toute époque.

ARTICLE QUINZE

Avec la liste des membres honoraires, une liste des

adhérents sera envoyée en fin d'année à chaque section ou à chaque Membre isolé. Cette liste comportera les secours alloués et la somme en caisse exactement. Les frais d'impression et d'envoi pris sur les fonds de caisse y figureront également.

ARTICLE SEIZE

Toute discussion politique ou religieuse sera formellement interdite lors des réunions.

ARTICLE DIX-SEPT

Les présents Statuts seront déposés entre les mains des autorités compétentes pour être soumis à leur approbation.

ARTICLE DIX-HUIT

Toute modification pourra être apportée aux Statuts en Assemblée générale à la majorité des Membres présents.

Notification sera faite de chaque modification aux autorités compétentes.

Le Président.   *Le Secrétaire.*

Le Trésorier.

Je reprends la question des caisses de retraites que j'ai abandonnée un instant et je dis que pour établir leurs règlements desdites caisses de retraites, tels qu'elles les firent au début, les Compagnies eurent soin de rechercher la moyenne de la vie de l'homme, et, l'âge de cinquante-cinq ans ne fut adopté qu'après avoir acquis la certi-

17

tude que peu atteindraient le but, étant données
les circonstances du devoir à remplir :

Sujétion continuelle, absorption de la pensée
par un travail incessant; responsabilité toujours.

D'ailleurs, pour les rares heureux qui arrive-
raient au bout de ce rouleau, la Parque aurait
vite fini de filer le restant de leurs jours.

Et si la quantité de ces heureux devenait trop
importante, on verrait, on aviserait :

Au surcroit de travail, on ajouterait les agaceries, les vexations de toutes sortes ; serait bien
tenace le vieillard qui y résisterait.

Au surplus, pour des fautes légères provoquées
par une stimulation occulte, on révoquerait.

Il n'est pas à dire qu'il y ait ici exagération.

A part les procès engagés par quelques victimes avec succès, il y a eu les réintégrations.

Et comme conclusion, M. Barabant prétend
que la meilleure preuve qu'on puisse trouver des
avantages qu'offrent les Compagnies de chemins
de fer, se trouve dans la formidable quantité de
demandes qui leur sont faites : 7,000 rien que
pour la Compagnie de l'Est.

Me plaçant à un point de vue plus élevé de
pure sociologie, j'ai dit comment le cultivateur
était contraint d'abandonner son champ; comment le nombre de bras étant devenu tout à coup

disponible par l'apparition du machinisme, tout ce monde recherchait les administrations publiques ou privées, parce qu'aussi mal que l'on y pût être, on y trouverait au moins ce morceau de pain nécessaire à l'inéluctable besoin de l'existence.

Ce cas extraordinaire, que je qualifie de force majeure, n'implique pas pour les Compagnies, les administrations de toutes sortes, le droit d'établir de choquantes disproportions ou inégalités parmi leurs serviteurs, de faire de quelques-uns d'entre eux plus que des serfs, presque des martyrs, moralement et matériellement.

Tout est légende, d'après M. le Directeur; tout ce qui est plaintes et récriminations, s'entend ; il n'est que l'extrême bienveillance des Compagnies qui ne le soit pas.

Je laisse à l'esprit observateur et impartial, à l'esprit généreux et dépourvu de sentiments égoïstes, le soin de juger.

Pour bien conduire les hommes, la première condition est de les aimer, de les aimer efficacement, non en leur faisant miroiter un bonheur futur qu'il ne leur est pas donné d'atteindre.

Ce qui désole tous les Barabants et sous-Barabants, ce sont les actes du Parlement, s'inspirant enfin de la vérité puisée dans l'opinion publique.

C'est ainsi qu'une loi accordant une retraite proportionnelle, à toute époque, aux agents de chemins de fer, fut votée le 17 décembre 1897, par 432 voix contre 12, à la Chambre des Députés, sur la proposition et les conseils de M. Berteaux, député de Seine-et-Oise, amendant le projet Descubes, avantageux plutôt pour les Compagnies.

Ce projet de loi a été déposé au Sénat, selon les règles ordinaires.

Les élus du suffrage restreint, si actifs et si hâtifs dans leurs actes répressifs, comme le projet Cordelet-Trarieux, qui est une offense gratuite aux dévoués et honnêtes travailleurs des chemins de fer, offense injuste et injustifiée, réprouvée par la masse des honnêtes gens, n'ont encore pu, à l'heure où j'écris ces lignes, l'examiner. Cela, malgré des pétitions, dont la dernière approuvée par plusieurs milliers de signataires de tous grades et de tous services.

Plus d'un démocrate aura vu clair dans cette façon d'agir.

Le journal auquel j'emprunte le texte de cette dernière pétition la faisait précéder de ces appréciations d'une justesse vraiment étonnante :

« On nous communique avec prière de l'insé-
« rer une pétition que les employés de chemins
« de fer de tous les réseaux ont signé ou sont

« en train de le faire. Nous ne pouvons que dé-
« férer à ce désir, car nous en approuvons en
« tous points la forme et le fond : les auteurs ont
« eu là une ingénieuse et très louable intention. Il
« n'est pas possible que nos députés et nos séna-
« teurs se désintéressent plus longtemps d'une
« aussi importante et aussi grave question. Il est
« certain que tous les employés de chemins de
« fer accomplissent une tâche incomparable à
« aucune autre des administrations publiques ou
« privées. La responsabilité, le surmenage, l'in-
« sécurité de l'avenir sont leurs lots habituels
« pour un salaire insuffisant par le temps qui
« court.

« Il ne suffit pas de promettre à ces modestes,
« mais courageux et dévoués travailleurs, quel-
« que chose pour... plus tard, — quand ils seront
« trépassés — il est urgent de réglementer tout
« de suite leur situation d'une façon raisonnable.
« Il saute aux yeux de tout le monde qu'on s'est
« moqué de leurs droits et de leur avenir, en
« exigeant d'eux, pour avoir le droit à une re-
« traite, vingt-cinq ans de commission et cin-
« quante-cinq ans d'âge; jusqu'à l'âge de cin-
« quante-quatre ans, onze mois et vingt-huit,
« vingt-neuf ou trente jours, chacun d'eux peut
« être remercié, renvoyé, révoqué sans motif
« vraiment sérieux. *Cela ne doit pas être.*

« Il est trop facile à un maître de casser un
« domestique aux gages, et lorsque la question
« pécuniaire est sous-entendue, cela est sujet
« d'être bien plus fréquent.

« Les Compagnies et le réseau de l'État trai-
« tent très mal leur vieux personnel, le surmè-
« nent trop, l'irritent par les jeunes *sinécuristes*
« qu'on pourvoit d'emplois supérieurs, qu'on
« crée au besoin pour eux en débutant, ce qui
« arrête tout avancement et tout espoir aux vieux
« agents.

« Les raisons invoquées dans la pétition sont
« d'une remarque lumineuse et juste, comme,
« par exemple, le retour des cultivateurs aux
« champs après l'acquisition d'une petite rente.
« Dans ce fait est contenue peut-être la prospérité
« nationale ; le repeuplement de la campagne, au-
« jourd'hui déserte, n'est pas une question de mé-
« diocre importance ; mais les fils de cultivateurs,
« cultivateurs eux-mêmes, ne retourneront aux
« champs que s'ils ont l'assurance de pouvoir se
« mettre un morceau de pain sous la dent. Sans
« une rente, si faible qu'elle soit, ils ne le peuvent
« plus. Le législateur serait bien coupable s'il ne
« faisait attention à toutes ces considérations.

« Lorsque le mot de Sully sera totalement
« oublié : « Le labourage et le pâturage sont les
« deux mamelles de la France » ; lorsque la cam-

« pagne sera tout à fait déserte, nul ne pourra
« plus vivre, même dans le sang d'une révo-
« lution. »

Voici à présent le texte de la pétition dont il
s'agit :

PÉTITION

EN FAVEUR DU VOTE DÉFINITIF ET IMMÉDIAT

de la

LOI POUR LE REPOS ET LA RETRAITE
Des Agents de Chemins de fer

Votée par la Chambre des Députés le 17 décembre 1897

A Monsieur le Président de la République,
A Messieurs les Présidents du Sénat et de 'a
Chambre des Députés,
A Messieurs les Ministres,
A Messieurs les Sénateurs,
A Messieurs les Députés,

Messieurs,

Les soussignés, tous agents de Chemins de fer en
activité de service, ont l'honneur d'appeler votre
bienveillante attention sur le projet de loi voté par la
Chambre des Députés, dans sa séance du 17 décembre 1897, réglant le Repos et la Retraite des agents
des Chemins de Fer, et de vous prier respectueuse-
ment d'en vouloir hâter le vote définitif et la mise en
pratique immédiate.

Accomplissant tous une tâche très difficile, assumant tous une responsabilité très lourde, nous n'épargnons dans les services qui nous sont confiés ni notre zèle, ni notre dévouement, qui vont parfois jusqu'au sacrifice de notre vie ; aussi, nous aimons à croire qu'il n'existe aucune considération pouvant motiver l'ajournement de cet objet de nos vœux et de nos espérances légitimes : trouver, à la fin de notre carrière, un repos assuré et une retraite qui ne soit pas un leurre.

En même temps que l'Industrie, le Commerce et le Public, nous servons la Patrie, au même degré que l'Armée proprement dite, et en cas de guerre, le succès des premières batailles peut dépendre de notre dévoué concours ; ce serait, du reste, nous faire une injure inadmissible que de nous supposer un instant antipatriotes : nul mieux que les employés de Chemins de Fer ne conserve le culte sacré de la Patrie.

Nous comprenons que les difficultés budgétaires aient été autrefois opposées à nos réclamations, mais depuis l'augmentation des trafics (la diminution des prix de transport en est une preuve) ces raisons ne sauraient être sérieusement invoquées. La nation qui sacrifie sans compter ses meilleures ressources pour la défense du territoire, ne comprendrait pas qu'on refusât aux uns ce qui est accordé aux autres.

Les ressources des Compagnies de Chemins de fer sont incontestablement considérables : tout dépend d'une bonne gestion. La preuve est dans la retraite que la compagnie d'Orléans a toujours accordée sans aucune retenue sur le traitement de son personnel ; c'est une mesure très louable, comme aussi le décret de M. le Président de la République, en date du 28 mai 1898, accordant une retraite proportionnelle après quinze ans de service, aux agents des Chemins de fer de l'État, réformés pour cause de maladie ou d'infirmités, ainsi qu'aux veuves de ces agents.

Mais la sécurité pour l'avenir des agents et de leurs familles est incomplètement garantie. Il est absolument au vu et au su de tout le monde qu'un surmenage excessif existe dans le personnel inférieur des Chemins de fer, et ce surmenage n'offre d'ailleurs aucun avantage pour les Compagnies et pour le réseau de l'État, car il les oblige à payer des indemnités considérables et de toutes sortes; les repos et les heures de présence qui figurent sur les états adressés au Ministère des Travaux publics ne sont ainsi pas observés et ne peuvent l'être. Ce surmenage physique et moral met l'homme le plus robuste dans l'impossibilité absolue d'atteindre les deux conditions exigées par tous les règlements actuels des Caisses de retraite, c'est-à-dire vingt-cinq ans de commission et cinquante-cinq ans d'âge. De plus, si l'on faisait entrer en ligne de compte l'anémie et la névrose si répandues de notre temps, on n'arriverait pas à la proportion de un homme sur cent susceptibles de profiter d'une retraite dans ces conditions.

Les tables Devillars et Déparcieux condamnent elles-mêmes ces Règlements inacceptables au point de vue humanitaire, et il est certain que la moyenne de la vie de l'homme n'atteint pas aujourd'hui quarante-cinq ans.

Il importe surtout d'empêcher toute idée égoïste de la part des Compagnies. Il ne faut pas qu'on puisse supposer que pour une futilité, pour un rien, pour un motif souvent douteux, le renvoi et la révocation d'un agent soient prononcés après l'accomplissement, en pure perte pour lui, d'un nombre quelconque d'années de service.

Le droit à une retraite proportionnelle n'est pas une considération qui doive arrêter l'œuvre législative. En admettant, en effet, que beaucoup d'agents profitassent immédiatement de ce droit, il en résulterait un double avantage dont bénéficieraient, d'une part les Compagnies et le réseau de l'État et d'autre part la Nation.

Les Compagnies et l'Administration de l'État renouvelleraient leur personnel par des agents qui recevraient les appointements de début ; d'où économie immédiate pour elles, et d'un autre côté les agents du personnel inférieur, composé en grande partie d'anciens cultivateurs qui se retireraient dans les campagnes, relèveraient, d'une façon très efficace, l'agriculture trop en décadence à notre époque, une rente, si faible qu'elle fût, leur permettant l'entreprise des travaux impossibles dans d'autres cas : d'où un avantage pour la Nation. D'ailleurs, peu d'agents, après être sortis des appointements minimes du début, demanderaient leur retraite proportionnelle ; il y a donc lieu pour tout renvoi ou révocation, de respecter les droits acquis, et pour cela il est nécessaire qu'ils soient nettement spécifiés.

Nous voulons croire que ce sont ces dernières considérations et bien d'autres qu'il ne nous est pas possible d'énumérer ici, mais dont M. Bertaux, auteur du projet de loi, a bien voulu se faire l'écho, qui ont provoqué et motivé le vote du projet de loi du 17 décembre 1897 à la presque unanimité des membres de la Chambre. Quatre cent mille hommes au moins espèrent que ce vote ne sera pas une manifestation platonique et purement électorale, mais bien une œuvre de véritable progrès social et de haute justice. Il est indispensable, nous le répétons, que les droits de chaque partie soient bien délimités et bien spécifiés ; l'agitation préjudiciable, les discussions et les querelles cesseront aussitôt.

Si les menaces semblables au projet de loi de MM. Cordelet et Trarieux sont susceptibles de provoquer un conflit très grave, un bouleversement dont les conséquences ne sauraient être prévues, le vote définitif du projet de loi du 17 décembre 1897 est de nature à calmer toutes les inquiétudes et à satisfaire tous les esprits sensés et généreux.

Les employés qui ne reculent jamais devant l'accomplissement de leurs devoirs demandent également la reconnaissance de leurs droits.

La retraite doit-être proportionnelle et payée dès la cessation du service, quelle qu'en soit la cause.

Cette équitable mesure contribuera en outre à diminuer le nombre des suicides et les décès causés par la misère, en même temps qu'elle pourra enrayer, dans une certaine mesure, la dépopulation de notre pays, plaies sociales qui préoccupent, à juste titre, le plus grand nombre de nos hommes politiques, de nos savants et de nos économistes.

Espérant que satisfaction nous sera donnée à brève échéance, nous vous prions, Monsieur le Président de la République et Messieurs, de vouloir bien agréer l'hommage de notre respectueux dévouement.

Pour défendre leur bourse, soi-disant, les Compagnies ne négligent rien, ne respectent sur-

tout rien; pas même le droit public, ce qui fait
partie du pacte national et constitutionnel; elles
se placent au dessus des lois et restent intan-
gibles.

Exemple la circulaire suivante que lançait la
Compagnie de l'Ouest, six jours après l'apparition de cette pétition :

« N° 17,135. — Vous voudrez bien faire rappe-
« ler, le cas échéant, aux agents de l'exploitation
« placés sous vos ordres, qu'une règle générale
« s'oppose à ce que des pétitions puissent être
« mises en circulation dans l'enceinte du chemin
« de fer, quel qu'en soit l'objet. »

Pendant ce temps, la Compagnie du Nord obli-
geait son personnel à en signer une dans le but
d'empêcher le vote définitif de la loi dont il
s'agit au Sénat.

Cette pétition souligne pourtant à nos législateurs des points suffisamment importants pour
secouer leur torpeur réelle en ce genre d'idées,
quoique non apparente.

Elle fait toucher du doigt un mal existant au
moins et une façon d'y remédier. Feindront-ils de
ne pas comprendre que, comme disait Godin, le
fondateur du familistère de Guise, le droit à la
vie est au-dessus de tous les droits et qu'y porter

atteinte c'est commettre le plus grand de tous les crimes !

Or, n'est-ce pas porter atteinte à la vie d'un homme et de sa famille que de le priver de son travail en le chassant brutalement, sans raisons vraiment sérieuses ?

Après quinze, vingt, vingt-quatre ans et plus, les Compagnies chassent impunément des agents pour des causes futiles, des causes qui n'en sont pas, des *querelles d'Allemands*, comme on dit vulgairement, sans que ceux-ci aient le droit de leur dire : c'est bien, commets ton injustice si tu veux, mais paye?

Ce sont des victimes de plus, de par le bon vouloir des dirigeants, les capitalistes ; et cela, au moment où tous les savants, où toutes les personnalités politiques semblent épuiser leurs connaissances en X et en Y pour chercher un soi-disant remède à ce mal! Comédie toujours, encore comédie !

La clef de toutes les réformes urgentes à faire dans les chemins de fer, réformes, je le répète, dont M. Bourrat, député, s'est fait l'écho, dit-on, dans un rapport qu'il a présenté au Parlement, est le droit absolu, indiscutable, à une retraite proportionnelle.

Ce sera aussi le meilleur des remèdes à porter à l'irrégularité des trains et à l'insécurité des voyageurs, moyennant un bon recrutement du personnel et un bon traitement aussi, disparition du surmenage compris.

Les Compagnies nient cette dernière particularité, il est vrai, comme elles nient toutes les mauvaises actions à leur actif, même celles qu'on leur énumère avec forces preuves à l'appui.

Elles dégagent leurs responsabilités qu'elles disent couvertes par le service du contrôle dont je vais dire quelques mots.

Pendant ce temps-là, les agents, avec une résignation qui frise l'indifférence, continuent à fournir quatorze, seize et dix-huit heures de travail, sans trêve, sans repos réel, avec leur maigre salaire, et les traitements brutaux auxquels ils finissent par s'habituer en bonnes bête de somme qu'ils sont, le temps de la réflexion leur faisant au surplus défaut.

XXIII

Service du contrôle

Je parlerai brièvement de ce service.

En quelques mots, je dirai l'inutilité des commissaires de surveillance, et comme ce sont ceux qui, en qualité d'inférieurs, produisent le plus, on pourra se faire une idée de la somme de travail produite par les autres.

On entend parler souvent de l'armée de fonctionnaires inutiles, rétribués par nos ministères. Il n'est guère possible de s'en faire une idée, même approximativement. Rien qu'en ce qui concerne le contrôle, où les fonctionnaires sont encore le moins nombreux ; à l'énumération des inspecteurs généraux, des ingénieurs en chef, des ingénieurs ordinaires, des inspecteurs principaux, des inspecteurs particuliers, des commissaires de surveillance administrative, si on ajou-

tait les ingénieurs, les chefs de division, les chefs
et sous-chefs de bureau, les rédacteurs, etc., et
qu'on pût faire l'estimation exacte de leur travail, du but atteint, des résultats acquis, on en
serait stupéfié.

Certes, je ne doute pas que des objections ne
puissent m'être faites et je reconnais que ce sont
des personnes éduquées, instruites qui, grave-
ment, longuement, étudient une question avant
de la résoudre, avant de se prononcer.

Cela n'empêche pas que leurs occupations ne
durent guère plus de trois ou quatre heures par
jour, pendant cinq ou six jours par semaine au
plus, pour un rendement presque nul et que,
puisque tout aujourd'hui est subordonné au rendement, beaucoup pourraient être employés plus
utilement ailleurs.

Reprenant ma question qui est exactement celle
du service des commissaires de surveillance, je
dis : Quel service rendent-ils au public, à l'État
dont ils ont charge de sauvegarder les intérêts ?

Si un accident se produit sur une ligne de chemin de fer, dans une gare ou en pleine voie, le
commissaire de surveillance ne peut y être, à
moins d'un exceptionnel hasard.

Or, une enquête étant faite immédiatement par
les supérieurs de la Compagnie intéressée, le commissaire qui n'aura rien vu ne pourra que se rap-

porter à ce qu'ils auront écrit, il ne pourra que les copier. Ce qui a lieu.

Je pourrais sans doute défier le Ministère des Travaux publics de présenter des rapports de commissaire de surveillance ayant une conclusion différente de celle des agents des Compagnies.

Jamais le service du contrôle n'a tenté de rechercher les vrais coupables des fautes graves, en faisant remonter la responsabilité assez haut, c'est-à-dire jusqu'aux dirigeants des chemins de fer. On se contente de faire quelque victime de plus en sacrifiant *quelque subalterne*. En ce qui concerne les faits secondaires, comme retards dans les livraisons de colis avariés, de manquants, etc., le concours du commissaire est nul; il est même fort anodin lorsqu'il s'agit de correspondances manquées ou de relations entre public et agents.

D'ailleurs, n'ayant presque rien à faire, son peu de travail étant simplifié par la complaisance des chefs des grandes gares qui lui en font faire généralement la plus grande partie, on le rencontre rarement dans son bureau, c'est-à-dire lorsqu'on pourrait avoir besoin de son concours. Puis, il ne peut être dans toutes les gares de sa section en même temps.

Le public a si bien compris l'inutilité de ce fonctionnaire, qui n'est là que pour la forme,

18

que pour trancher ses différends avec les Compagnies de chemins de fer, il s'adresse constamment aux tribunaux, sauf lorsque les Compagnies veulent bien entrer en composition d'elles-
mêmes.

Les quelques réclamations et plaintes déposées
sur les registres que chaque gare est tenue
d'avoir à sa disposition, comme bien d'autres
administrations, du reste, ne le sont guère que
pour « mémoire », que comme « réserves » et
pour des « faits accidentels. »

Le commissaire de surveillance s'occupe-t-il
du surmenage du personnel ? Point. Il ne s'en
préoccupe pas plus que les supérieurs de la gare
à laquelle il est attaché. Ce que tout le monde
voit, il n'est que M. le commissaire de surveillance qui ne s'en aperçoive pas.

Au surplus, il fait aussi bien.

Sans compter la gratification de fin d'année
que la Compagnie lui alloue et qui serait sûrement supprimée, il rencontrerait des résistances
plus haut et courrait le risque de se faire briser.
Donc, comme il ne peut qu'être nuisible aux
agents inférieurs s'il veut s'occuper de quelque
chose, on ne saurait trop le conseiller de continuer à se reposer.

Mais, vraiment, que nos farceurs de politiciens
ne nous parlent pas d'économies budgétaires !

XXIV

Conclusion

Nous savons que tout est critiquable, comme tout est discutable.

C'est pour cela que j'ai fait tous mes efforts pour faire suivre mes critiques d'indications susceptibles de remédier aux imperfections ou aux injustices dont j'ai parlé.

On y arrive cependant avec de la bonne volonté et de la persévérance.

Pour résoudre une question dans un juste sens, il s'agit de ne pas l'envisager sur le côté, de ne pas se laisser entraîner, surtout en certains cas, à des considérations intéressées.

Il n'est pas une modification indiquée dans les lignes précédentes, notamment en ce qui concerne l'organisation des chemins de fer, que je ne me sente la force, les capacités, les aptitudes nécessaires, si nous préférons, — bien que je ne sois pas un phénix, je l'ai déjà dit, — de la faire dans de bonnes conditions, c'est-à-dire au contentement de tous. Si j'étais placé à même de le faire, je voudrais, par une organisation spéciale, augmenter les bénéfices des administrateurs et donner satisfaction au personnel. C'est donc inutilement qu'on viendra nous en invoquer l'impossibilité.

Les hauts supérieurs des Compagnies préfèrent assurément, à ce problème humanitaire, s'engraisser de leurs *grosses prébendes*, comme des rois fainéants, en criant sur tous les tons que l'on ne peut mieux faire.

Et ainsi ils conduisent les Compagnies tout droit à la ruine, ce que le Midi et l'Ouest nous démontrent déjà.

Il en est à peu près ainsi des représentants de la nation au Parlement et des savants.

La culture dépérit, disent-ils, la criminalité augmente ainsi que la débauche, la nation se dépeuple.

Quels remèdes s'empressent-ils d'apporter à ce mal ?

Ils font des propositions insensées qui, lorsqu'elles sont suivies d'actes, aggravent le mal plutôt qu'elles ne l'atténuent.

A d'autres moments les modifications proposées

visent le mal à côté, de sorte que lorsqu'elles sont suivies d'effet elles aboutissent à un résultat semblable à celui que produirait un cautère sur une jambe de bois.

Cette façon d'agir tient à une arrière-pensée : la crainte d'affaiblir les privilèges de la classe possédante en saisissant la bête par les cornes, pour bien dire, en portant le vrai remède au mal.

Une particularité entre toutes :

Lorsqu'on reconnut la nécessité d'une loi accordant une retraite proportionnelle aux sous-officiers qui rengageraient, cette retraite et la prime de rengagement étaient largement suffisantes pour tenter la quantité utile de candidats sans y comprendre l'engagement par l'Etat de leur procurer ensuite des emplois civils.

Tous ces sous-officiers qui, en général, étant des fils de cultivateurs, seraient très heureux de retourner dans leurs terres avec la rente acquise, prennent un emploi civil parce qu'on le leur offre, quitte à l'abandonner s'ils s'y ennuient trop. Ils paralysent ainsi l'avancement de très bons serviteurs et enlèvent le gagne-pain de bien des pères de famille. La loi ne fut pas assez examinée au point de vue des conséquences qu'elle pouvait avoir dans l'avenir. Elle est une des causes de la diminution de la population. L'abaissement des salaires, le chômage imposé par le machinisme et la durée journalière du travail en sont d'autres. Ce sont des vérités qu'on ne peut cacher.

Et les impôts donc, directs et indirects, dont le pauvre est le plus durement atteint?

Nous parlons de réformes!

Hélas! Y en aurait-il à faire pour démocratiser ce régime de Louis XV, reparu après la chute du dernier empire, c'est-à-dire abolir les prérogatives que s'arrogent un tout petit nombre de privilégiés triés sur le volet; soumettre les grandes Compagnies financières et industrielles à un paiement de droits spéciaux, de même que les grands terriens, etc., etc.

Qui se chargera de ce travail de Cyclope, diminution du fonctionnarisme et des gros traitements comprise?

Assurément pas la représentation nationale telle qu'elle existe aujourd'hui. La plupart des lois démocratiques votées par la Chambre échouent au Sénat, ou n'en sortent qu'amputées au point d'être méconnaissables, c'est-à-dire dans l'impossibilité absolue d'atteindre le but pour lequel elles avaient été proposées. De là mes conseils de déléguer des hommes intelligents, honnêtes et peu fortunés aux assemblées électives, des hommes énergiques surtout qui, comme le Tiers-État, ayant en mains les rênes du gouvernement, exhument et fassent respecter les droits

imprescriptibles du peuple, même contre les prérogatives modernes de la bourgeoisie.

Nous savons par l'histoire du passé que les
faiblesses des gouvernements, en n'exigeant pas
de la classe possédante un peu de son superflu
pour l'amélioration du pauvre, n'ont eu d'autres
aboutissants que les décadences ou les révolutions.

J'espère que ceux sous les yeux desquels tom-
beront ces lignes sauront s'inspirer de mes sentiments qui n'ont d'autre but que le meilleur être
du malheureux sans atténuer le bien-être des
autres : en touchant simplement au superflu.

Nous sommes ainsi loin de la chimère collec-
tiviste. Tout cela peut se faire pacifiquement, au
moyen du bulletin de vote, en chassant cet avachissement qui s'est emparé de la masse en quelques années, avachissement que les repus souhai-
taient, en encourageant secrètement le développement, favorisés par la stérilité parlementaire.

Ma vie, chère enfant, n'est pas, veux-je croire,
près de finir encore et je sens le besoin de me
reposer un peu.

Je vais donc m'arrêter en terminant par quelques petits conseils sans grande importance ; je
serai à même de reprendre cette œuvre, en la
complétant par des détails et des preuves, si le
temps et les circonstances le permettent.

Chacun sait qu'il peut être expédié en colis postal 3, 5 et 10 kilos, soit en gare, soit à domicile, toutes sortes de marchandises dont on peut aussi déclarer la valeur, moyennant un emballage convenable; mais on sait aussi qu'en cas de perte du colis on n'a droit qu'au montant de la valeur du contenu ou celle déclarée, sans indemnité. En cas d'avarie il n'est possible que de se faire rembourser la valeur de la chose avariée.

Aucune réclamation n'est admise pour le retard dans le transport.

Si on a des objets de prix, d'une certaine valeur, il est préférable de les expédier en messagerie, surtout lorsque le poids n'est pas trop fort et que l'on est pressé, ou en petite vitesse s'il y a un fort poids et que l'on n'en ait pas nécessité immédiate.

Longtemps cette opinion a prévalu que, lorsque livraison avait été prise de colis et la signature apposée sur le registre à cet effet, on n'avait plus le droit de réclamer, en admettant que les objets contenus dans les colis reçus aient été avariés ou soustraits, les cours et tribunaux ont été d'un avis contraire, c'est-à-dire que lorsque le destinataire a pris livraison d'un colis, soit à la gare même, soit au correspondant, et qu'il a donné décharge au moyen de sa signature sur le registre à ce destiné, il peut, en procédant au déballage de son colis devant deux témoins, se faire exonérer de la perte ou de l'avarie, en ayant soin de lancer une lettre recommandée au chef de gare dans les 48 heures (article 105 du Code de commerce).

Les bagages doivent être livrés dix minutes et les messageries peuvent l'être trois heures après l'arrivée de chaque train.

Quant aux marchandises transportées en petite vitesse, les délais sont assez considérables. Tous renseignements utiles sont donnés par les agents chargés de ce service.

Quels que soient les renseignements qu'on leur demande, les agents les doivent, sans garantie ; toujours ils les donnent d'assez bonne grâce.

Je ne saurais assez inviter le public à porter beaucoup de circonspection dans ses réclamations ; à avoir beaucoup d'indulgence pour les agents qu'un moment d'emportement pousse à quelque réflexion déplacée, par suite des agaceries dont ils sont l'objet, comme l'excès de travail qui donne une irascibilité passagère à leur caractère. Au fond, ils ne sont pas plus mauvais que d'autres.

Lorsqu'un préjudice causé provient d'une faute individuelle indépendante de la volonté de son auteur, le spécifier par des considérations désintéressées dans la réclamation, afin d'atténuer autant que possible sa responsabilité.

Si le tort fait est dû à une cause s'appliquant à un défaut d'organisation générale, ne pas omettre de le spécifier aussi.

Les agents des chemins de fer étant, comme ceux qu'ils sont appelés à servir la plupart du temps, des exploités, il est nécessaire pour tous de se serrer les coudes.

En terminant, je sollicite toute l'indulgence qui doit être accordée à l'ouvrier qui a pris la plume tous les jours, après un travail de seize à dix-huit heures, pour édifier cette œuvre, cela pendant plus d'un an. Grâce pour les barbarismes, les solécismes abhorrés par Boileau, — la vérité ayant seule été le but poursuivi. Je puis ajouter qu'avec elle il n'est pas besoin d'être grand savant pour écrire un livre.

Octobre 1899.

FIN

TABLE DES MATIÈRES

IMP. CH. LÉPICE, MAISONS-LAFFITTE

www.ingramcontent.com/pod-product-compliance
Lightning Source LLC
Chambersburg PA
CBHW071805020726
47502CB00004B/1008